| 主编·汪剑钊 |

**金色俄罗斯**
*Золотая Россия*

# 秘中之秘
——伏·伊万诺夫中短篇小说选

*Тайное тайных*

[苏] 伏·伊万诺夫 / 著
王丽欣 于婷婷 / 译

四川人民出版社

图书在版编目（CIP）数据

秘中之秘：伏·伊万诺夫中短篇小说选/（苏）伏·伊万诺夫著；王丽欣，于婷婷译. —成都：四川人民出版社，2022.2
（金色俄罗斯/汪剑钊主编）
ISBN 978－7－220－12656－7

Ⅰ.①秘… Ⅱ.①伏… ②王… ③于… Ⅲ.①中篇小说－小说集－苏联②短篇小说－小说集－苏联 Ⅳ.①I512.45

中国版本图书馆 CIP 数据核字（2021）第 267088 号

MIZHONGZHIMI

## 秘中之秘

伏·伊万诺夫中短篇小说选

[苏]伏·伊万诺夫 著　王丽欣　于婷婷　译

| 出　版　人 | 黄立新 |
|---|---|
| 策划组稿 | 黄立新　张春晓 |
| 责任编辑 | 张春晓 |
| 责任校对 | 郭明武 |
| 装帧设计 | 张迪茗 |
| 责任印制 | 祝　健 |

| 出版发行 | 四川人民出版社（成都市槐树街 2 号） |
|---|---|
| 网　　址 | http://www.scpph.com |
| E-mail | scrmcbs@sina.com |
| 新浪微博 | @四川人民出版社 |
| 微信公众号 | 四川人民出版社 |
| 发行部业务电话 | （028）86259624　86259453 |
| 防盗版举报电话 | （028）86259624 |
| 照　　排 | 四川胜翔数码印务设计有限公司 |
| 印　　刷 | 成都东江印务有限公司 |
| 成品尺寸 | 140mm×203mm |
| 印　　张 | 7.375 |
| 字　　数 | 161 千 |
| 版　　次 | 2022 年 2 月第 1 版 |
| 印　　次 | 2022 年 2 月第 1 次印刷 |
| 书　　号 | ISBN 978－7－220－12656－7 |
| 定　　价 | 56.00 元 |

■版权所有·侵权必究

本书若出现印装质量问题，请与我社发行部联系调换
电话：（028）86259453

**金色俄罗斯**
*Золотая Россия*

致敬"金色俄罗斯丛书"译介团队，感谢所有参与者为传播俄罗斯文学、增进中俄两国人民文化交流而做的努力！

| | |
|---|---|
| 汪剑钊 | 丛书主编、译者，北京外国语大学外国文学研究所教授，博士生导师。 |
| 张建华 | 丛书顾问、译者，北京外国语大学教授。 |
| 刘文飞 | 丛书顾问，中国俄罗斯文学研究会会长。 |
| 张 冰 | 北京师范大学俄语系教授，博士生导师。 |
| 赵晓彬 | 哈尔滨师范大学斯拉夫语学院副院长，博士生导师。 |
| 杨玉波 | 哈尔滨师范大学斯拉夫语学院副教授，文学博士。 |
| 郑艳红 | 中国社会科学院文学博士，绥化学院外国语系教师。 |
| 张 猛 | 北京外国语大学外国文学研究所博士。 |
| 李 莉 | 北京师范大学文学博士，杭州师范大学教授。 |
| 顾宏哲 | 辽宁大学俄语系副教授，硕士生导师。 |
| 赵艳秋 | 复旦大学俄语系副主任，文学博士。 |
| 侯炜红 | 中国社会科学院外国文学研究所俄罗斯文学研究室主任，文学博士。 |
| 池济敏 | 四川大学外国语学院副院长，副教授，文学博士。 |

| | |
|---|---|
| 飞　白 | 云南大学外语系教授，浙江省比较文学与外国文学学会名誉会长。 |
| 黄　玫 | 北京外国语大学俄语学院教授，博士生导师。 |
| 杨晓笛 | 北京外国语大学博士，太原理工大学教师。 |
| 李玉萍 | 洛阳理工学院副教授，文学博士。 |
| 王立业 | 北京外国语大学俄语学院教授，博士生导师。 |
| 邱　鑫 | 黑龙江大学俄语学院文学博士。 |
| 郭靖媛 | 北京大学比较文学专业博士在读。 |
| 薛冉冉 | 浙江大学外语学院副教授，博士。 |
| 温玉霞 | 西安外国语大学俄语学院教授，博士生导师。 |
| 潘月琴 | 北京外国语大学俄语学院副教授，博士。 |
| 余　翔 | 北京科技大学外国语学院师资博士后，文学博士。 |
| 李春雨 | 厦门大学外文学院助理教授，博士。 |
| 董树丛 | 北京外国语大学外国文学研究所硕士。 |
| 冯昭玙 | 浙江大学外文系教授。 |
| 杜　健 | 北京师范大学俄语语言文学专业博士。 |
| 韩宇琪 | 北京师范大学俄语语言文学专业博士。 |
| 苏　玲 | 《外国文学动态研究》主编，博士。 |
| 颜　宽 | 国立莫斯科大学语言文学系博士。 |
| 马卫红 | 浙江外国语学院教授，文学博士。 |
| 王丽欣 | 哈尔滨师范大学斯拉夫语学院副教授，文学博士。 |
| 于婷婷 | 西安外国语大学俄语语言文学博士在读。 |

王时玉　华东师范大学俄语语言文学博士在读。

穆　馨　哈尔滨师范大学斯拉夫语学院副教授，翻译硕士导师。

徐　琪　厦门大学外文学院教授，文学博士。

徐曼琳　四川外国语大学俄语系教授，文学博士。

欢迎更多的译者加入"金色俄罗斯丛书"……

（按译作出版时间排序）

四川人民出版社　　文学出版中心

# 目　录
Contents

金色的"林中空地"（总序）　/001
"谢拉皮翁兄弟"中译本总序　/007
译　序　/017

冰　窟　/001
夜　/013
彩色的风　/029
田　野　/085
图伯科亚沙漠　/093
逃命岛　/119
萨别卡的死　/143
父亲和母亲　/157
关于两匹良马的故事　/165
斯莫卡金的日子　/173
我曾是一个游方僧　/185
相　遇　/199

# 金色的"林中空地"（总序）

汪剑钊

2014年2月23日，第二十二届冬奥会在俄罗斯的索契落下帷幕，但其中一些场景却不断在我的脑海回旋。我不是一个体育迷，也无意对其中的各项赛事评头论足。不过，这次冬奥会的开幕式与闭幕式上出色的文艺表演给我留下了深刻的印象，迄今仍然为之感叹不已。它们印证了一个民族对自身文化由衷的热爱和自觉的传承。前后两场典仪上所蕴含的丰厚的人文精髓是不能不让所有观者为之瞩目的。它们再次证明，俄罗斯人之所以能在世界上赢得足够的尊重，并不是凭借自己的快马与军刀，也不是凭借强大的海军或空军，更不是凭借所谓的先进核武器和航母，而是凭借他们在文化和科技上的卓越贡献。正是这些劳动成果擦亮了世界人民的眼睛，引燃了人们眸子里的惊奇。我们知道，武力带给人们的只有恐惧，而文化却值得给予永远的珍爱与敬重。

众所周知，《战争与和平》是俄罗斯文学的巨擘托尔斯泰所著的一部史诗性小说。小说的开篇便是沙皇的宫廷女官安娜·帕夫洛夫娜家的舞会，这是介绍叙事艺术时经常被提到的一个经典性例子。借助这段描写，托尔斯泰以他的天才之笔将小说中的重要人物一一拈出，为以后的宏大叙事嵌入了一根强劲的楔子。2014年2月7日晚，该届冬奥会开幕式的表演以芭蕾舞的形式再现了这一场景，令我们重温了"战争"前夜的"和平"魅力（我觉得，就一定程度上说，体育竞技堪称一种和平方式的模拟性战争）。有意思的是，在各国健儿经过十数天的激烈争夺以后，2月23日，闭幕式让体育与文化有了再一次的亲密拥抱。总导演康斯坦丁·恩斯特希望"挑选一些对于世界有影响力的俄罗斯文化，那也是世界文化遗产的一部分"。于是，他请出了在俄罗斯文学史上引以为傲的一部分重量级人物：伴随拉赫玛尼诺夫第二钢琴协奏曲的演奏，普希金、果戈理、屠格涅夫、托尔斯泰、陀思妥耶夫斯基、契诃夫、马雅可夫斯基、阿赫玛托娃、茨维塔耶娃、布尔加科夫、索尔仁尼琴、布罗茨基等经典作家和诗人在冰层上一一复活，与现代人进行了一场超越时空的精神对话。他们留下的文化遗产像雪片似的飘入了每个人的内心，滋润着后来者的灵魂。

美裔英国诗人T. S. 艾略特在《诗的作用和批评的作用》一文中说："一个不再关心其文学传承的民族就会变得野蛮；一个民族如果停止了生产文学，它的思想和感受力就会止步不前。一个民族的诗歌代表了它的意识的最高点，代表了它最强大的力量，也代表了它最为纤细敏锐的感受力。"在世界各民族中，俄罗斯堪称最为关心自己"文学传承"的一个民族，而它辽阔的地理特征则为自己的文学生态提供了一大片培植经典的金色的"林中空地"。迄今，在这片土地上生根发芽并长成参天大树的作家与作品已不计其数。除上述提及的文学巨匠以外，19世纪的茹科夫斯基、巴拉廷斯基、莱蒙托夫、丘特切夫、别林斯基、赫尔岑、费特等，20世纪的高尔基、勃洛克、安德列耶夫、什克洛夫斯基、普宁、索洛古勃、吉皮乌斯、苔菲、阿尔志跋绥夫、列米佐夫、什梅廖夫、波普拉夫斯基、哈尔姆斯等，均以自己的创造性劳动进入了经典的行列，向世界展示了俄罗斯奇异的美与力量。

中国与俄罗斯是两个巨人式的邻国，相似的文化传统、相似的历史沿革、相似的地理特征、相似的社会结构和民族特性，为它们的交往搭建了一个开阔的平台。早在1932年，鲁迅先生就为这种友谊写下一篇"贺词"——《祝中俄文字之交》，指出中国新文学所受的"启发"，将其看作自己的"导师"和"朋友"。20世纪50年代，由于意识形态的接近，中国与苏联在文化交流上曾出现过一个"蜜月期"，在那个特定的时代，俄罗斯文学几乎就是外国文学的一个代名词。俄罗斯文学史上的一些名著，如《叶甫盖尼·奥涅金》《死魂灵》《贵族之家》《猎人笔记》《战争与和平》《复活》《罪与罚》《第六病室》《丽人吟》《日瓦戈医生》《安魂曲》《没有主人公的叙事诗》《静静的顿河》《带星星的火车票》《林中水滴》《金蔷薇》和《钢铁是怎样炼成的》等，都曾经是坊间耳熟能详的书名，有不少读者甚至能大段大段背诵其中精彩的章节。在一定程度上，我们可以说，翻译成中文的俄罗斯文学作品已构成了中国新文学的一个重要组成部分，成为现代汉语中的经典文本，就像已广为流传的歌曲《莫斯科郊外的晚上》《三套车》《喀秋莎》《山楂树》等一样，后者似乎已理所当然地成为中国的民歌。迄今，它们仍在闪烁金子般的光芒。

不过，作为一座富矿，俄罗斯文学在中文中所显露的仅是冰山一角，大量的宝藏仍在我们有限的视域之外。其中，赫尔岑的人性，丘特切夫的智慧，费特的唯美，洛赫维茨卡娅的激情，索洛古勃与阿尔志跋绥夫在绝望中的希望，苔菲与阿维尔琴科的幽默，什克洛夫斯基的精致，波普拉夫斯基的超现实，哈尔姆斯的怪诞，等等，大多还停留在文学史上的地图式导游。为此，作为某种传承，也是出自传播和介绍的责任，我们编选和翻译了这套"金色俄罗斯丛书"，其目的是进一步挖掘那些依然静卧在俄罗斯文化沃土中的金锭。可以说，被选入本丛书的均是经过了淘洗和淬炼的经典文本，它们都配得上"金色"的荣誉。

行文至此，我们有必要就"经典"的概念略做一点说明。在汉语中，"经典"一词最早出现于《汉书·孙宝传》："周公上圣，召公大贤。尚犹有不相说，著于经典，两不相损。"汉朝是华夏民族展示凝聚力的重要朝代，当时的统治者不仅实现了政治上的统一，而且也希望在文化上设立标杆与范型，亟盼对前代思想交流上的混乱与文化积累上的泥沙俱下状态进行一番清理与厘定。客观地说，它取得了一定的成效，虽说也因此带来了"罢黜百家"的重大弊端。就文学而言，此前通称的"诗三百"也恰恰在那时完成了经典化的过程，被确定为后世一直崇奉的《诗经》。关于"经典"的含义，唐代的刘知几在《史通·叙事》中有过一个初步的解释："自圣贤述作，是曰经典。"这里，他将圣人与前贤的文字著述纳入经典的范畴，实际是一种互证的做法。因为，历史上那些圣人贤达恰恰是因为他们杰出的言说才获得自己的荣名的。

那么，从现代的角度来看，什么是经典呢？商务印书馆出版的《现代汉语词典》给出了这样的释义：1.指传统的具有权威性的著作：博览经典。2.泛指各宗教宣扬教义的根本性著作。不同于词典的抽象与枯涩，意大利著名作家卡尔维诺归纳出了十四条非常感性的定义，其中最为人称道的是其中两条：其一，一部经典作品是一本每次重读都像初读那样带来发现的书；一部经典作品是一本即使我们初读也好像是在重温的书。其二，经典作品是一些产生某种特殊影响的书，它们要么自己以遗忘的方式给我们的想象力打下印记，要么乔装成个人或集体的无意识隐藏在深层记忆中。参照上述定义，我们觉得，经典就是经受住了历史与时间的考验而得以流传的文化结晶，表现为文字或其他传媒方式，在某个领域或范围具有一定的权威性和典范性，可以成为某个民族甚或整个人类的精神生产的象征与标识。换一个说法，每一部经典都是对时间之流逝的一次成功阻击。经典的诞生与存在可以让时间静止下来，打开又一扇大门，带你进入崭新的世界，为虚幻的人生提供另一种真实。

或许，我们所面临的时代确实如卡尔维诺所说："读经典作品似乎与我们的生活步调不一致，我们的生活步调无法忍受把大段大段的时间或空间让给人本主义者的悠闲；也与我们文化中的精英主义不一致，这种精英主义永远也制定不出一份经典作品的目录来配合我们的时代。"那么，正如沙漠对水的渴望一样，在漠视经典的时代，我们还是要高举经典的大纛，并且以卡尔维诺的另一段话镌刻其上："现在可以做的，就是让我们每个人都发明我们理想的经典藏书室；而我想说，其中一半应该包括我们读过并对我们有所裨益的书，另一些应该是我们打算读并假设对我们有所裨益的书。我们还应该把一部分空间让给意外之书和偶然发现之书。"

愿"金色俄罗斯"能走进你的藏书室,走进你的精神生活,走进你的内心!

# "谢拉皮翁兄弟"中译本总序

中国读者对于"谢拉皮翁兄弟"这一文学团体并非一无所知。个别作家的某些作品已有过中文译本（如费定的《城与年》、伊万诺夫的《铁甲列车》等）。其中，康斯坦丁·费定、伏谢·伊万诺夫、尼古拉·吉洪诺夫、米哈伊尔·斯洛尼姆斯基被认为是苏联经典文学作家，社会主义现实主义的最佳代表，同时他们也是苏联作家联盟委员会的成员。而维尼阿明·卡维林、米哈伊尔·左琴科等则继承了俄罗斯经典文学传统。同时，他们的创作命运与20年代文学语境紧密相连。当时，他们视自己为一个整体，为"兄弟"，为"谢拉皮翁"。就这一关系，我们可以回顾一下该团体毋庸置疑的领袖及其代表列夫·隆茨在自己宣言式的文章《为什么我们是谢拉皮翁兄弟》中的观点："我们不是一个学派，不是一种潮流，也不是霍夫曼的训练班。我们不是某个俱乐部的票友，不是同事，不是同志，而是兄弟！"米哈伊尔·斯洛尼姆斯基也在自己的回忆录中这样描述道："我们自愿聚集在一起，没有规章和制度，我们只通过直觉来挑选新的成员。"

文学团体"谢拉皮翁兄弟"的历史可以追溯到1919年的夏天。当时《世界文学》出版社开设了一个工作室，目的是培养有才华的年轻人成为翻译人员。该工作室位于彼得格勒艺术之家（简称ДИСК），在马克西姆·高尔基的领导下，这些年轻人在艺术上产生了自己的见解。但他们很快发现，自己渴望掌握的语言艺术与文学技巧不仅仅局限于翻译领域，还逐渐转向了文学领域。该工作室是为那些由著名的作家、诗人、语文学家领导的一系列关于体裁的研讨会而成立。例如，由尼古拉·古米廖夫主持的研讨会。正是在古米廖夫的课堂上出现了未来的团体成员，波兹涅尔和叶莉扎韦达·波隆斯卡娅。

叶甫盖尼·扎米亚京在"谢拉皮翁兄弟"的文学道路上起到了无可置疑的关键作用。1919年至1921年间，扎米亚京开始为年轻作家们讲授艺术小说技法课程，他在课堂上表达了自己对于综合理论、创造心理学、情节与故事之间关系的理解，在语言技法方面对作家们提出了这样的要求："你们说的话越少，这些话所表达的内容就越多，作用就越大，艺术效果也就越强烈。"米哈伊尔·左琴科、尼古拉·尼基京、列夫·隆茨、伊利亚·格鲁兹杰夫均出席了扎米亚京关于"谢拉皮翁兄弟"小说未来创作研讨会，他们都来跟老师学习文学的简洁艺术。

维克多·什克洛夫斯基一段时间曾主持过研讨会。尼古拉·楚科夫斯基在回忆其中一次会议时说，会上有关文学事宜他只字未提，取而代之的是，他转述了一段第一次世界大战结束后，什克洛夫斯基本人在土耳其和波斯发生的非常有趣的冒险经历（后来成为他的小说《感伤的旅行》中情节的一部分）。

1920年，米哈伊尔·斯洛尼姆斯基搬进了艺术之家。正是在那个时候，研讨会的参与者被划分为两个文学团体：一个是"诗人行会"，另一个就是"谢拉皮翁兄弟"。前者认为文学创作必须要依靠古米廖夫的审美标准，并拒绝撰写现代生活；而后者则恰恰相反，他们认为书写现代生活才是十分必要的。理念不同导致的结果是：社会上出现了两类和睦相处的伙伴，他们各自过着独立的生活。

1921年，大家一同在艺术之家庆祝了新年。这也成为该文学团体形成的前兆。第二个文学团体的代表们——未来的"谢拉皮翁兄弟"们聚集在那里，其中包括阿隆季娜、加茨凯维奇、萨佐诺娃、哈里通和卡普兰，他们成为后来的"谢拉皮翁姐妹"。就这样，未来文学团体的成员之间开始建立起友好的联系。

并非所有的"谢拉皮翁兄弟"都是在艺术之家开启自己的创作之路。正如斯洛尼姆斯基所言，费定是在1920年首次访问高尔基之后才来到艺术之家的。什克洛夫斯基带来了卡维林，在介绍他的时候并没有介绍他的名字，而是介绍了他参加比赛的小说名字——《第十一条定律》。比赛是于1920年冬季在艺术之家举行的。正如楚科夫斯基在自己的回忆录中所写的那样，得益于这事件，费定和卡维林才走进了"谢拉皮翁兄弟"的文学圈（卡维林这个姓氏是作家济利别尔从1922年开始使用的笔名，这件事从9月24日他写给高尔基的信中可以得到证实）。获得小说竞赛一等奖的作品是费定的《果园》，获得二等奖的作品是尼基京的《地下室》，获得三等奖的作品是卡维林的《第十一条定律》。此外，被提名的作品还有隆茨的《天堂之门》和吉洪诺夫的《力量》。比赛结果于1921年5月，也就是在文学团体成立之后才公布。

"谢拉皮翁兄弟"文学团体的第一次会议是在艺术之家斯洛尼姆斯基的房间里举行的。这件事在楚科夫斯基的回忆录中得到了记载。此次会议正式宣布了"兄弟"团体成员的名单：格鲁兹杰夫、左琴科、隆茨、尼基京、费定、卡维林、斯洛尼姆斯基、波隆斯卡娅、什克洛夫斯基和波兹涅尔。斯洛尼姆斯基在自己的回忆录中也提到了关于团体成立时的情景。他写道：1921年2月1日，一群年轻的作家在高尔基的带领下，在他的房间里相互朗读着自己的小说。从那时起，他们每周都聚会一次。费定在《高尔基在我们中间》一书中也提到了这件事："每个星期六,我们所有人都会在斯洛尼姆斯基的房间里一直坐到深夜,我们相互阅读某篇新的小说或者诗歌,然后开始讨论它们的优点或缺点。我们风格迥异,我们的作品在友好的氛围中不断得到改进。"

在所有的公开演讲中,最值得一提的是在艺术之家举行的两场广为人知的文学晚会。第一场在1921年10月19日,普希金"贵族学校"周年纪念日举行。在晚会上,费定、斯洛尼姆斯基、伊万诺夫和卡维林分别朗读了自己的作品。第二场在1921年10月26日举行,波隆斯卡娅、楚科夫斯基、左琴科、尼基京和隆茨朗读了自己的作品。这两场晚会开幕式的致辞人均为什克洛夫斯基。

什克洛夫斯基、楚科夫斯基和斯洛尼姆斯基均提供过一些关于该文学团体名字由来的信息。什克洛夫斯基写道:"谢拉皮翁兄弟"这个名字很可能是卡维林所取。楚科夫斯基回忆道:在1921年2月1日,该团体的第一次会议上,当时德国浪漫主义者霍夫曼的推崇者卡维林提出了"谢拉皮翁兄弟"这个名字。隆茨和格鲁兹杰夫对此想法表示赞同,但是其他人却反应冷淡。这是由于包括楚科夫斯基本人在内的许多人都不熟悉霍夫曼的那本同名小说。后来隆茨在解释的时候还提到了僧侣会议——在这样的聚会上,每个人都要讲一个有趣的故事。而该文学团体的成员们同样是聚集在一起,然后相互阅读自己的作品。因为这种相似性的存在,所以这个名字是十分恰当的。

但波隆斯卡娅却坚持认为隆茨是团体名称的发起者:"当列夫·隆茨建议称我们的团体为'谢拉皮翁兄弟'时,我们所有人都被'兄弟'一词吸引了,甚至都没有想到隐士谢拉皮翁。"波隆斯卡娅很可能是根据隆茨那篇著名的关于"谢拉皮翁兄弟"的文章而做此判断。斯洛尼姆斯基的版本则略有不同:这个名字是在一次会议上被选出来的,然而理由却是有其偶然性。据斯洛尼姆斯基回忆说:"在我的桌子上,放着一本不知道谁带来的书，破烂的亮绿色封皮上写着：霍夫曼的《谢拉皮翁兄弟》，革命前由《外国文学学报》出版。"不知是谁（完全没人记得）拿着书高喊道："就是这个！'谢拉皮翁兄弟'！他们也聚集在一起互相阅读自己的作品！"因此，彼得格勒的"谢拉皮翁兄弟"与霍夫曼笔下主人公们的相似性也是该团体名字由来的原因之一。

尽管后来这个名字一直保留了下来，但是在当时大家都认为这个名字只是临时的选择。还有一个尚未解决的问题就是，为什么在小组成员会议期间，这本书会出现在桌子上，这件事又与什么有关呢？要回答这个问题，就必须要回顾一下，在20世纪20年代的苏维埃，俄罗斯霍夫曼的作品都经历了哪些事件。

1920年11月，也就是该团体第一次会议前几个月，在莫斯科著名的塔伊罗夫剧院，举行了根据霍夫曼同名小说改编的剧本《布拉姆比尔拉公主》的首映式。此次演出给公众留下了深刻的印象，也受到了知识界的热烈讨论；第二个同样重要的事情是：至1921年《谢拉皮翁兄弟》最后一卷已经出版一百年了。我们相信，这也是该书在团体会议期间出现在会议室的原因之一；最后一点，1922年是霍夫曼逝世一百周年。越接近那一天，大家对这位德国作家的作品就越感兴趣。1922年由著名的艺术评论家布拉乌多创作的献给霍夫曼的一篇特写在苏联出版。由此可见，"偶然"出现在桌子上的书正是当时国内文化生活中各个事件的结果。

回到彼得格勒"谢拉皮翁兄弟"话题。该团体成员的构成是一个很有趣的问题。它在1921年发生变化。在1921年4月中旬，波兹涅尔移民。虽然是他父母的决定，但是由于年龄的原因，他也一同离开了自己的祖国。楚科夫斯基在回忆录中记述了他们和隆茨在华沙站为他送行的场景。

伏谢·伊万诺夫是在团体形成之后才加入"谢拉皮翁兄弟"的。据楚科夫斯基回忆，在"谢拉皮翁兄弟"们与高尔基的第一次联合会面期间，在高尔基的介绍下，他们认识了伏谢·伊万诺夫及其作品。随后伏谢·伊万诺夫就加入了兄弟团。这件事也在伏谢·伊万诺夫本人的回忆录中得到了证实。他写道，高尔基介绍他与年轻的"谢拉皮翁兄弟"们认识。随后伏谢·伊万诺夫也成为"谢拉皮翁兄弟"的一员。据楚科夫斯基回忆，吉洪诺夫加入团体是在1921年11月之后。

经过多番考量，最后我们确定了该文学团体成员的名单：伏谢·伊万诺夫、斯洛尼姆斯基、左琴科、卡维林、尼基京、费定、隆茨、吉洪诺夫、波隆斯卡娅、格鲁兹杰夫。该名单在《简明文学百科全书》、第三版《大苏联百科全书》和斯洛尼姆斯基的回忆录中均有体现。

兄弟团中的每个人都有一个滑稽的绰号。这些绰号可能与霍夫曼小说中的讲述者有关。正是在这些绰号中产生了最原始的游戏元素。作家阿列克谢·列米佐夫也参与其中，为兄弟团成员提供了一些私人绰号。弗列津斯基对彼得格勒"谢拉皮翁兄弟"的创作颇有研究，他认为这些绰号并非随机选择，它们是有据可依的，是符合作家们的行事风格的。

伊利亚·格鲁兹杰夫——大司祭

列夫·隆茨——百戏艺人

维尼阿明·卡维林——炼金术士

米哈伊尔·斯洛尼姆斯基——司酒官

尼古拉·尼基京——演说家/编年史专家

康斯坦丁·费定——看门人/掌匙者（据列米佐夫所说）

伏谢沃洛德·伊万诺夫——阿留申

米哈伊尔·左琴科——没有绰号/持剑武士（据列米佐夫所说）

尼古拉·吉洪诺夫——波洛伏茨人（只有列米佐夫这么说）

弗拉基米尔·波兹涅尔——爱吵架的人（列米佐夫也提出过绰号装甲兵，并解释说意味着"勇往直前"）

"谢拉皮翁兄弟"中唯一的"谢拉皮翁姐妹"是叶莉扎韦达·波隆斯卡娅。

兄弟团队拥有自己选举成员的方式，该方式显然是出自霍夫曼的《谢拉皮翁兄弟》一书。兄弟团队的会议和纪念日都是对外公开的，客人们可以随时来参加。客人中不乏兄弟们的导师们：高尔基、扎米亚京、楚科夫斯基。还有一些是著名的作家和诗人：霍达谢维奇、福尔什、沙吉尼扬施瓦茨、特尼扬诺夫、列米佐夫、阿赫玛托娃、曼德尔施塔姆、克柳耶夫。画家有霍达谢维奇和安年科夫。文学家有埃亨巴乌姆和维戈茨基。经常来参加会议的女客人们有阿隆基娜、加茨凯维奇、萨佐诺娃、哈里通和加普兰，她们成为后来的"谢拉皮翁姐妹"。斯洛尼姆斯基在回忆"谢拉皮翁兄弟"们在会议上讨论的场景时这样说道："兄弟们毫不留情地相互责骂着，这种相互谴责不但没有伤害兄弟间的友情，相反，还促进了兄弟们的成长。"

伏谢·伊万诺夫在自己的回忆录中详细地描绘了该团体在进行文学批评时的场景："霍夫曼笔下有些'谢拉皮翁兄弟'对同伴的作品是十分宽容的，但我们不同，我们是无情的……（进行文学批评时）在作者的脸上看不到恐惧，在其他'谢拉皮翁兄弟'的脸上也看不到同情。身为首要发言人，'演说家'尼基京非常尽责，他详尽地分析、称赞或者批评作家所朗读的作品。在现场可以听到费定的男中音，列夫·隆茨不太稳定的男高音和什克洛夫斯基恳求般的呼吸声。尽管什克洛夫斯基并没有加入'谢拉皮翁兄弟'，但却是兄弟们最亲密的监护人和保卫者……我们会残酷地指出彼此的缺点，也会为彼此的成就而热血沸腾。"

什克洛夫斯基在团体中扮演的角色需要我们更加仔细地研究。什克洛夫斯基本人曾提到，他可能会成为"谢拉皮翁兄弟"，但却永远都不会成为小说家。尽管如此，隆茨在其1922年的文章《关于意识形态与政论体裁》中指出，什克洛夫斯基确为"谢拉皮翁兄弟"的一员。楚科夫斯基也证明他确实加入了该文学团体。卡维林则认为，什克洛夫斯基是一位受人尊敬的客人，但同时他也指出，有一段时间，"谢拉皮翁兄弟"们都将他视为团体成员之一。

显然，什克洛夫斯基在该文学团体成立过程中起到的作用远不止于此。他在1921年的文章《谢拉皮翁兄弟》中首次以书面形式提到"谢拉皮翁们"，用波隆斯卡娅的话讲，这也就成为他们的"诞生证明"。什克洛夫斯基在文章中描述了这些青年文学家的真实状况："尽管他们具有写作的技能，但却没有出版的能力。"

也正是在这篇文章中，什克洛夫斯基提到了某些文学流派的起源，以及它们对"谢拉皮翁兄弟"创作产生的影响：一方面是"从列斯科夫到列米佐夫，从安德烈·别雷到叶甫盖尼·扎米亚京的文学路线；另一方面则是西方冒险小说。"

什克洛夫斯基指出，团体内部分化出东方派和西方派。后来，在同时期的一封私人信件中，什克洛夫斯基还更加确切地表明：该文学团体的成员划分为"日常派"和"情节派"。得益于什克洛夫斯基的积极干预，《谢拉皮翁兄弟（第一本文集）》于1922年出版。这也是"谢拉皮翁兄弟"唯一一本文集。随后于1922年在柏林问世的《谢拉皮翁兄弟（海外版文集）》只是俄文版的扩展本。该文集使世人开始关注作者的风格特点，以及他们在作品形式方面所付诸的努力。在这种情况下，值得一提的是已成为传统的"谢拉皮翁式"的问候："你好，兄弟！写作十分艰难。"这句话出自费定与高尔基的通信。当时，费定提到了文学创作的复杂性："每个人都曾接触过某种未经规范的学科，这门学科就是：写作十分艰难。"高尔基曾就该问题欣然回应道："写作十分艰难——这正是一个极好的口号。"后来，卡维林还以此为书名撰写了一本回忆录。

"写作十分艰难"这句话成为"谢拉皮翁兄弟"的共同口号，它反映出该团体从文学学徒到逐渐形成个人风格及职业化的转变。扎米亚京在1922年曾这样评价自己的学生："他们每个人都有自己的特色和风格，这都是从培训班中学习到的……对文学作品中冗余成分的摒弃，也许要比写作更加困难。"

马克西姆·高尔基支持"谢拉皮翁兄弟"的文学实验并对此给予很高的评价。这一点从高尔基与费定的通信，以及费定的《高尔基在我们中间》一书中都可以得到证明。得益于高尔基的努力，该文学团体不但正式成立，而且实实在在地生存下来。在高尔基的申请下，"谢拉皮翁兄弟"还获得了衣食供给和经济援助。最重要的是，高尔基还在国外大力宣传"谢拉皮翁兄弟"的创作，商定外文译本的修订并监督维护作家权益。除此之外，高尔基在苏联也极力保护"谢拉皮翁兄弟"，使其免受批评责难。

斯洛尼姆斯基在1922年8月给高尔基的信中这样写道："于我而言，在当代俄罗斯，该文学团体的存在是最有意义的，也是最令人愉快的事情。在我看来，不夸张地讲，您开启了俄罗斯文学发展的某个新阶段。"

文学团体"谢拉皮翁兄弟"存在的时间并不长。1924年5月9日，23岁的作家列夫·隆茨英年早逝，该文学团体的辉煌时期也随之终结。对于隆茨的离世，费定在给高尔基的信中这样写道："当然，我们每个人都遭受了不同的损失。但现在将我们联系在一起的，是从前的亲密友谊,而不再是为了某种能够支撑团体创作的保障。我们并没有解散,因为'谢拉皮翁'超出了我们自身之外而存在。这个名字拥有自己的生命,它使我们不由自主地,对于一些人来说,甚至是强制性地团结在一起……团体内部逐渐分化,兄弟们开始成长,他们收获了一些技能,个性也日益变得突出。我们常常聚在一起,我们也喜欢聚在一起。我们的聚会是以习惯、友情及必要性为前提,而非强制性的要求。团体的工作和生活需求随着挨饿的彼得堡浪漫主义者一同消失了。但团体并没有正式解散,直到1929年'谢拉皮翁兄弟'还在照常庆祝他们的周年纪念日。"团体这个概念本身已经成为过去式,文学团体的生存状况并没有随着时间而得到改善。随着统一作家联盟的出现,它们被迫彻底退出了历史的舞台。

(本文作者为俄罗斯阿穆尔国立师范大学语文系教授、俄语语文学博士加丽娜·罗曼诺夫娜·罗曼诺娃。赵晓彬译)

# 译　序

伏谢沃洛德·维亚切斯拉沃维奇·伊万诺夫（Всеволод Вячеславович Иванов）(1895—1963)，俄罗斯著名作家、剧作家、战地记者。在20世纪20年代俄罗斯群星璀璨的作家群中，伏谢沃洛德·伊万诺夫以其独特的写作题材与创作方式、传奇的人生旅程与处世哲学、惊人数量的文学创作与艺术才华在俄罗斯文学界占据重要地位。20世纪20年代伏·伊万诺夫成为苏联重要文学团体"谢拉皮翁兄弟"（Серапионовы братья）中"最杰出的作家"之一，因其来自西伯利亚，评论界将作家归入"谢拉皮翁兄弟"东方派代表，常以"阿留申兄弟"为绰号代指作家。近年来俄罗斯学界掀起重评苏联文学遗产的热潮。2015年在莫斯科举行《20世纪俄罗斯文学与1917年革命：纪念伏谢沃洛德·伊万诺夫诞辰120周年》国际学术研讨会，让这位一度被历史烟尘遮蔽的苏联早期作家重新走入人们视野。

伏·伊万诺夫出生于东哈萨克斯坦草原中部塞米巴拉金斯克州，其父母特殊的家庭使作家认为自己具有东方血统，曾就读于巴甫罗塔尔斯克农业中等专科学校。他的父亲的人生阅历对年幼的伊万诺夫产生重要影响。父亲漫游俄国各地甚至远赴耶路撒冷的经历对作家的人生之路具有示范效应，促使年仅14岁的伊万诺夫离家独自生活，作家由此展开独自闯荡的人生。他做过多种工作，小商店的伙计、印刷厂的工人、排字员、装卸工、水手、马戏团演员、小丑演员、游方僧、军人，等等。少年丰富的人生阅历以及在俄国各地流浪的经历赋予他的文字独特的地域色彩与浓厚的民间文学特点，农民与士兵生活的真实心态跃然纸上，处处洋溢着西伯利亚异域风情。游击队战斗情景行诸文字，汇聚为家喻户晓的名作，如《铁甲列车14—69号》《游击队员》等游击队题材创作已为我国读者熟知，然而作家更为广泛丰富的题材创作似明珠蒙尘，亟待译介研究。

伏·伊万诺夫作为青年作家获得著名作家高尔基的支持与帮助，从此走上文学创作道路。他从1915年开始发表作品，很多早年的经历都融入作品，其创作显现出浓烈的自传性色彩。在加入"谢拉皮翁兄弟"团体之时，伊万诺夫的作品已经极具鲜明个性，创作体裁异常丰富，小说、戏剧、诗歌、政论、特写等都有涉及且成就颇高。伏·伊万诺夫的作品题材广泛，想象丰富，色彩浓烈，诗意盎然，其笔下的大自然呈现出前所未有的独特面貌与姹紫嫣红的奇异幻象，现实情景、心理情绪与天马行空的想象的巧妙融合催生了独一无二的伊万诺夫文字风格，呈现出俄罗斯西伯利亚南部及中亚地区山川沙漠的酣畅高歌与浪漫幻梦、残酷战斗与信仰探寻。伊万诺夫的小说不乏真实的自然主义描写，作品中以农民和士兵形象居多，欢乐明快与悲伤沉郁并置，形成文字间巨大的张力，悲剧力量动人心魄、震撼灵魂，令人扼腕叹息，足显其文字的独特魅力。伊万诺夫被视为辞藻华美的散文大师，正如俄罗斯乡村歌手诗人叶赛宁所说，"伊万诺夫给西伯利亚画了另外一幅画卷，不同于他的前人，完全为我们展示了原始蒙古之美"。

伏·伊万诺夫20世纪20—30年代创作的中短篇小说是作家众多作品中最为独特的类型，它们彰显了"谢拉皮翁兄弟"团体在苏联早期的创作宗旨。"谢拉皮翁兄弟"团体不同于当时现代主义流派的先锋主义艺术，即完全摒弃传统文化的思想。该团体主张在继承俄罗斯经典文学传统基础上进行艺术的创新，因而该派作家的创作呈现新文学实验性和装饰主义风格，具有鲜明的表现主义特征，重视作品的形式表现，突出强调文学作品的艺术性特征。伏·伊万诺夫的中短篇小说集，尤其是《秘中之秘》中，融入魔幻、讽刺、异域、离奇、心理描写等浪漫主义写作特点，其笔下的俄罗斯亚洲地区极具浓郁的东方风情，亚洲人形象、东方传说、西伯利亚民间习俗意趣盎然。伊万诺夫将现代主义叙事手法的情节碎片化引入短篇小说，因而《秘中之秘》的多数作品没有贯穿始终的情节线索，众多的碎片化情节由对人物及自然界变化的细节描写串联而成，如《彩色的风》《夜》《图伯科亚沙漠》、《萨别卡的死》等小说中情节线索众多，在一定程度上给读者的阅读带来难度，但同时这些实验性的写作又具有强烈吸引力，促使译者不断搭桥引线去探究文本背后的关联与叙事内涵，《彩色的风》中伊万诺夫数次运用蓝色与绿色的风的字眼，试图表达对中亚地区广袤荒凉的大地的热爱，表现农家生活对充满绿色的大自然的依赖，读者甚至可以想象在一片和平的绿色背景中，革命正如火如荼在俄罗斯大地上蔓延开来的景象，又犹如作家展开了一幅幅蓝绿相间的装饰风格画，风格粗犷、搭配奇异。作家在短篇小说中穿插大量的中亚民俗故事、隐喻俗语及中亚方言，如《图伯科亚沙漠》，在为读者奉献色彩浓郁的异域风情的同时，也造成了译者翻译中寻求与原文语篇等值的困境，很多文化负载词很难在汉语中寻觅对等功能的词汇，只得退而求其次以近似的词汇取而代之。作家尤其热衷在一个短篇故事中构建倒叙情节与正常情节的穿插，使读者不断在过去与现实之间穿梭，形成了富有电影蒙太奇的艺术特色，如《萨别卡的死》中，"我"的人称所指的人物经历数次变更，提高了阅读难度，但又增加了强烈的阅读趣味。译者在此保留这种文本的实验，邀请读者也来与故事主人公一起穿越历史与现实，以主人公的视角审视一位年轻军官动荡的人生及其非理性的暴风骤雨般的心理冲突。伏·伊万诺夫的短篇小说以令人耳目一新的艺术手法引起读者与评论界关注，正如俄罗斯著名评论家沃隆斯基认为，"伊万诺夫的作品是一项文学事件，他具有超强的天赋……伊万诺夫显然是在扎米亚京和扎依采夫之间引爆的第一颗炸弹。"伊万诺夫的创作为苏联初期的文学做出了重要贡献。同时代作家费定说："如同新生儿的第一声啼哭一般，苏联散文的初声是由伏谢·伊万诺夫发出来的，在苏联文学进程中伊万诺夫作为第一批小说家，他的作品体现出了最初的活力与希望。"20世纪30年代中期以后，随着社会主义现实主义写作原则在苏联文艺创作中的确立，其他流派的手法逐渐销声匿迹，伊万诺夫的大量作品也被禁止出版，作家为保持自己的独立性，不得已退出了文学生活。由此20—30年代成为伊万诺夫创作最为丰产的时期，或者说伊万诺夫是属于20年代的作家。可惜的是，伊万诺夫短篇小说的审美价值在特殊年代被低估，其艺术上的成就尚未获得充分挖掘和深入探讨。好在从20世纪80年代以后，苏联兴起了文学回归浪潮，一些过去无法发表的作品获得出版的机会，伊万诺夫被尘封的佳作得以面世。译者从伊万诺夫的短篇小说中节选了部分作品，试图帮助读者拂去历史的积尘，带领读者领略俄罗斯中亚地区大地上100年前的革命风云和多民族生活的横断面。我国当前对伊万诺夫作品的翻译明显不足，除少量的游击队题材的小说，如《铁甲列车14—69》《浅蓝色的沙》《幼儿》《吉尔吉斯人杰麦皮》《伤员的故事》和《穿越火网》已经译为中文以外，作家的几百部多种体裁创作尚未翻译成中文，因而还需更多译者和学者进一步努力，本书译者借助拙译抛砖引玉，希望国内外更多译者共襄译事。

本译作部分节选自伊万诺夫的《秘中之秘》(《Тайное Тайных》)。前七部小说译者王丽欣,约 10 万字,后五篇译者于婷婷,字数 1 万有余。因时间仓促及篇幅的限制,作家其他作品尚待继续译介。原作所用方言俚语众多,且与现在相隔年代久远,作品中随处可见的中亚口语表达着实为翻译增加大量难度,翻译过程中或有理解不当之处,敬请读者指正。

王丽欣

## 冰 窟

生命如诗,超越一切荣耀与骄傲

波格丹·舍斯塔科夫最近一年里变化很大。他每次一喝多了，脑子里就浮现出死亡之类的无聊念头，一出现这些念头他就会胡闹起来。村里人们开始怕他了，只剩下一个还称赞他的理由，那就是他打架从来都是用棍子而不动刀子。姑娘们很少来纠缠他，不知是谁给他面子，说他已被毁掉了。也对——每次醉酒后暗黑色的血块从喉咙里迸出，深色的黏液都让他恶心半天，但喘气还算顺畅。他那张高颧骨的大脸上皮肤似乎有些溃烂，一双小眼睛恶狠狠地盯着周围看，仿佛这是他最后一次看这个世界了。

当时谢肉节已经接近尾声，村里的人们已经连续多日酗酒、打架，在大雪堆里厮混，母亲们的歌声嘹亮地回荡。大斋前最后一个周日的前夜姑娘们没来晚会，姑娘们没来，波格丹的架打得有些无聊，但是他心里又难过得要命，脑子里又跑出那种想法，仿佛就站在深不可测的悬崖前一样，于是波格丹把晚会搅黄了，打碎了屋子的窗户，甚至动手打了自己的好朋友斯焦帕·别列日诺夫。打得他的耳朵都出血了，斯焦帕可是个要面子的小伙子，不会善罢甘休的，波格丹早上就琢磨着："现在要么他把斯焦帕打死，要么斯焦帕把自己打死。"他不由得忧愁起来，炉火生不起来。母亲坐在劈柴堆后面对他说："你打架欠下的债要还啦，很快就有人来要你的命啦。斯焦帕来村里——免不了啦，他说了，要给你一刀。"

农闲时波格丹喜欢摆阔。干活挣的钱总也攒不起来，于是常常得跟人说软话赊账，但总碰一鼻子灰。他母亲也不疼惜他，认为他就只想着要钱，母亲的态度也让波格丹感到疲累。他无精打采地抻直那双体面的窄筒皮靴，拿起桌上那把午饭用的刀子，在靴子底上磨了两下塞进了靴子筒。母亲手里的炉叉只是咣咣地响了两声。波格丹挥着自己那只缀着木节的棍子摇晃着走在大街上，边走边难受地耸着肩膀，神气十足地四下观望着。他这辈子还是第一次把刀子藏在靴子筒里，没来由地觉得羞愧，甚至感觉有那么点害怕。他似乎觉得，要是斯焦帕这会儿突然从哪个角落窜出来，自己也不一定能一把抻出刀子，或者能一下子举起棍子来。经过昨晚的狂欢，村里人都还在睡着。大门后面只走出来一个老头抬头看看天气。他敞怀套着皮袄迟钝地站着，斑白的胡子朝着太阳看了看。他毡靴旁的雪融化了，一双靴子发黑了，可老头啥也没看见。就连狗也没叫一声儿，好像它们也宿醉了。波格丹觉得全村子人都跑开了，藏到一个个大雪堆里去了，村子就像他用刀子划开的一袋子小麦都散开啦。

波格丹到了牧场，这里有的地方雪都发灰了，就像衣服料子磨破了露出了衬里。夜里是该思考的时候，一片空蒙落下——一场大暴雪，道路发白活像扭曲的钻头。那些泰山压顶般的想法又如约而至，重得他喘不过气来。波格丹一个人站在田野里。回村太可怕了，想到这儿，他冒出一身冷汗。牧场右边是泛白的墓地，他不由得想起，用铁钎凿个墓穴有多难凿，可那些同龄的小伙子们就要给他挖墓穴了（这个地方有个习俗：同龄人给横死的朋友挖墓，人们便能长久地记住他）。斯焦帕一大早会来到村里，这时他想到："应该回去，否则人们会这么乱传，说我是被斯焦帕的刀子吓跑了。"可他还是没有勇气回自己的家。他想起邻近五俄里的达尼洛沃村今天有教堂祭日还有晚宴。达尼洛沃村里也跟自己村里一样，人们起劲地娱乐玩闹，都喝得醉醺醺。谁知道呢，要是在达尼洛沃这里打起来，说不定就只是那斯焦帕能去为他波格丹报仇，挨一刀倒在达尼洛沃村旁。

波格丹捋了一下帽子下露出的那绺头发，抻了抻靴子筒，恐惧仿佛过去了，他顺着开阔的积雪路向达尼洛沃村走去。

他的鞋跟踩着路面的碎冰清脆地咯吱吱作响。冰雪发出的咯吱声说明雪已经松散起来，这是春天的雪，巨大的苍穹上飘荡着丝绸般薄淡轻盈的片片白云。雪线的边缘那一片小树林透出淡淡的蓝色。一直向前驰骋的雪白道路仿佛跑累了，就像喝醉了般摇晃起来，一头钻进了小树林。整片云杉林披上了雪的盛装，光闪闪地到处透出洁白的光芒，他精神抖擞地登上小山冈，心情愉悦得如哼唱着小调。山冈后面有片空地，从那边下去就是达尼洛沃村啦。紧挨着树林流淌着一条小溪，松软的雪把它挤得更细瘦贫瘠了，它仿佛从整个平原拉来大雪要藏住什么最宝贵的东西那样。那条溪水里什么也不生长了，甚至连狗鱼都没有，那些鱼早陷入密不透风的牛蒡叶子和水藻中大片死去了。河面上的小桥也被大雪覆盖了，桥旁竖着两根木桩，从这往右可以看到木架子，两年前达尼洛沃村合作社要在这儿建一座磨坊，可不知怎么，就这样撂荒了，什么也没盖成。夏天，小伙子们会带姑娘到这儿来，波格丹也来过，甚至有一次，他慌里慌张地，没划着火柴就把姑娘放倒了。后来整整一个月的时间，小伙子们都在嘲笑那姑娘，他们说，她里里外外伤得可厉害啦。

木桩左边不足两丈远的地方，波格丹陡然发现一个像大院子那么大的冰窟窿。波格丹每个礼拜不止一次顺着这个路去草场割草，可还是第一次看到这个冰窟。水面纹丝不动，边缘近似深绿色，冰窟周围的雪看起来异常的疏松凶险。这个冰窟可真是让人郁闷，仿佛小溪要把自己经年累积的愤恨都倾泻于此。

波格丹在冰窟的一旁看到一只大灰头野鸭。谁知道它是怎么掉进去的,什么时候掉进冰窟的呢!要么是在这晴朗的日子太过思念故乡的草地了,要么就是过几天春天就快真正来到了。而那只鸭子,仿佛在嘲笑止步不前的害羞之人,它快活地一头钻进水里,在冰窟边上游动起来。波格丹恍惚看到,它浮出水面时,水花飞溅。野鸭嘎嘎地叫了声,翅膀拍打着水面,游得离人更近了。它心满意足地拍打着翅膀,这个举动不知怎么就激怒了波格丹。他忽然跳到一旁,抓起一个石头块儿就向它扔了过去。那只鸭倏地钻进水里,周围荡起一层层暗银色的圆圈,就像圆圆的羽毛。波格丹沮丧地想——怎么就没置办把猎枪呢。他飞快地把石块儿攒成一堆,心里还有些不好意思:一个大小伙子,风云人物,可是,却像个小男孩在这里撵着鸭子,他是想给达尼洛沃的晚宴带去一只野鸭的呀。

"我受够啦,狗娘养的!"他大喊一声,手里继续捡着石块。那只鸭子嘎嘎地叫着,不安地向上看看。缥缈的浮云仿佛年轻的面庞上飘过天际的缕缕灰发。鸭子焦黄的喙像秋天残存的花瓣没入水中。波格丹大汗淋漓,他陷在齐腰深的雪里,从冰窟的一面转到另一面,怎么也找不到能打中那只野鸭的合适位置。

他一下子撞倒灌木丛边冻出厚厚硬壳的雪。波格丹把雪壳弄碎,不停地抛到冰窟窿里面。他心里愤恨这次愚蠢的狩猎,转念一想鸭子或许已经飞走了,于是整个人马上累得瘫倒在雪里了。而那野鸭却一直在潜水,似乎它待在水里的时间一次比一次长。当它钻进水里的时间特别长的时候,波格丹就目不转睛地盯着那个冰窟看,猜测着,那只潜水下去的鸭子会在哪里。他无意中往雪堆上瞥了一眼,雪随着风发出嘶嘶的声音又堆成了几个雪包。波格丹抬起头又看了看天空,周围就好像运雪的拖车翻倒了一般。阳光耀眼,积雪中能看到朱砂般火红的斑点。大地的尽头活像一个大雪堆的边缘。看不到村子。

波格丹急急忙忙找到自己的棍子,把它一折两段,瞄准鸭子把棍子抛了出去,棍子被扔得呼哨般作响。鸭子突然飞起有一丈多高,波格丹觉得自己打中了鸭子的翅膀。它也不再下潜了,只是拖着一侧的翅膀顺着积雪的岸边游动着。雪从鼓胀的像噘起的嘴唇的雪堆上散落到水里。天开始阴沉起来,似乎黄昏来临。路上积雪融化的地方非常显眼,这时波格丹意识到,就算打死了鸭子,他也没办法把它从冰窟中取出。不然就用伐倒的树干,可是未必能弄倒一棵能伸到冰窟中间那么长的小树干。他觉得脖子冻上了霜,把围巾紧了紧,重新拽好了束腰带,他的短大衣上掉了三个扣子,一股没来由的委屈突然间袭上心头。怀着难以名状的忐忑他想起自己的村子,想起斯焦帕,那种像山一般沉重的感觉压在心头。那把刀子一直插在靴子里,脚冻得冰冷,他把刀子拿出来揣进怀里。看了看那个冰窟——鸭子藏在雪后已经看不到了,他琢磨了一下,拔腿就向达尼洛沃走去。

风越来越猛了,波格丹刚从桥木桩那里走出几步远,细碎的如烟似尘闪着光的雪沫就打在他脸上,仿佛卡住了他的喉咙。波格丹只好擦着眼睛向前走,边擦边走,没注意自己怎么就来到一处浅滩。磨坊墙的淡青色影子看不到了,就连云杉林也消失得无影无踪——波格丹迷路了。他捂着脖子上的围巾向前冲去,突然冰窟的温暖的水漫过他的脚。雪缓缓地融入水中,是那样的缓慢,好像先前离开前,他是要找一个可以躲避狂风的洞穴,要躲开无边的清一色白茫茫的原野,从雪的表面滑过的一样。他走开时,根本不信可以在此处避风。波格丹紧盯着冰窟,慢慢顺着河岸向前走,很快就再次碰到了木桩。他狂怒地捶打木桩上面的积雪。他在木桩前交替地跺着脚,甚至连口哨都吹不出来了——可过了一会儿,他心情又好起来,他还能去达尼洛沃啊。

可他才刚刚走出去十步,那一幕又来了,路上的冰让他走偏了方向

（虽然最初踩上去的时候，他感觉到自己脚下是碎冰，可是他厌烦自己的感觉，他相信自己会走出去的，会马上成功），他又一次回到了浅滩，现在雪深得差不多快要没到腰部了。沿着这个地方向前走真是糟糕得可怕，每走一步似乎都要跌倒，都要滚进那个冰窟窿里。他周围浅淡的昏暗正飞快地驰骋笼罩下来。波格丹停住脚步。"上帝呀！"他挥舞了一下棍子命令般地大喊着，棍子碰到了右边磨坊墙壁上的木头。他真想进到磨坊里面去，可突然不知怎么就想起过去的事，他带姑娘去那里时里面散发着难闻的气味，可当时他们直到往回走才察觉到那股臭气。转而，他恨斯焦帕，气得落泪，是斯焦帕把他逼到这令人恼怒的死亡境地的。"上帝啊！"他又一次呼唤。可暴风雪越来越猛烈，雪卷着旋涡飞舞，仿佛印花布裹住皮袄，束住他的身体。"应该顺着磨坊房架子左边的路走。"波格丹想起来了。可路上的风刮得更猛烈了，他整个人站不住被风吹得跑起来，看来，这是冬季最后一次大雪。木桩子又被吹来的雪埋住了，冰窟窿也不见了。"也应该埋上啦。"波格丹想了想，他感觉心里好受些了。他在木桩上坐下，卷起烟来。在短皮袄的两膝盖间点火柴时，风猛然刮了一下，吹走了烟荷包，荷包在空中委屈地舞动了几下就被大风抛进冰窟窿的雪里了。波格丹心情沮丧，什么事都高兴不起来了——在这样的狂风天里抽烟，他竟然一根火柴都没浪费。"末了儿陷这儿出不去啦。"他想着想着就又想起了斯焦帕，想到自己的怯懦，冰窟窿里那只鸭子让他联想到花环，给死人戴在额头上的那种花环。此时他已经很清楚，他到不了达尼洛沃，也回不去家了，他会迷路，他会死的，可他还想去达尼洛沃。对啊——他立刻忙乱起来，又摔倒了，马上就不知不觉地陷进了冰窟窿，瞧瞧，他眼前那个冰窟窿又出现了，它就这样纹丝不动黑乎乎地戳在那里，就像过去一样，地下泉水就这样静静地冒上来，冰窟同时还接纳着落下的雪花。它轻轻颤动着，在这些突然而至的大雪间平静地流着，如此不动声色，甚至如同死人的眼睛什么也映不出。

突然波格丹的心似乎被什么穿透了一样地痛，他甚至痛得画起了十字。之后有那种仿佛劳累了很长的一天快要睡着的困倦感觉向他袭来。有那么一瞬间水变清澈了，于是他狂怒地向一边猛扑过去。但是很快他便无力地辨明了一个事实：不管他往哪里挣脱，也不论他怎么跑——脚下到处都是正在融化的大块的松散的雪，并且水马上就涌上来淹没他。他试图大声喊叫——狂风便马上呼啸着冻住他的嘴巴，他不知怎么就感到愧疚起来。

围巾打湿了，很快后背也湿透了。"好在靴子还有个矮靴筒，不然雪可就把靴子灌满了。"他想着，并没察觉到矮靴上沾满了雪，温暖的水滴顺着碎冰碴透了进来。他已经懒得去想道路的事情了，脑子里就剩下木桩某些短短的片段。他觉得，如果抓住木桩，他就不会滚到水里。两鬓仿佛火烧般，额发糊住了双眼，浑身发冷甚至有种很异样的感觉。好几次他从冰窟跃起最后都撞到木桩上摔倒了，他把额头贴在一段结冰的木头上，于是勇气也在一瞬间回来了，他想伸手去拿兜里的烟。他郁闷极了，不停地骂起人来。对他来说，骂人话要比喊叫更容易些，他用士兵那种长串的骂人话呼救，听起来让人觉得，他正为自己遭受的折磨要拿什么报复谁似的。欢快地打着呼哨的狂风依然在冰雪原野上驰骋，裹挟着闪着光的雪尘打得老树皮哗啦啦地响，眼皮刺痛得厉害。波格丹忽然很清晰地听到马车夫的声音、疲惫的马哼哧声，他爬着稍稍躲开木桩和大路，他觉得，自己有可能被马蹄踩到，但是马车似乎拐去了别的方向。他甚至看到长长的车辙一闪而过，虽然他心里清楚，除了自己走的这条路，另外一条路根本不存在。但是他还是向旁边爬了爬。

黑黢黢的冰窟口又浮现在他眼前。没入水中的冰冻的斜坡好像在颤动,波格丹的肩上仿佛有什么东西在咯吱作响,他赶忙蜷起腿来。此时,他的鞋跟支在一小块冰上,不是小树根,半尺远的地方流的水不知怎么散发着泥潭的气味,那发臭的水似乎吸取了他的全部思想。他弯腰拱背地坐在那儿,无意识地久久盯着水看。尔后,一个念头就像泉水一般,从他的心灵喷涌而出不安地撞击着他的肉体,马上鞋跟就打滑啦,他的一身所有都会在冰上翻滚起来,风吹过他的肩膀,还会更猛烈地刮过他的短皮袄前襟,于是六个巨大的如同圆翎羽的圆圈嘭的一声就了结了他的命。他开始搓双脚,可手指早冻得僵硬了,于是就用一只靴子搓另一只靴子,感觉像个没手的鞋匠。当他想到"没有手"这个词时,大脑里突然仿佛一切都在分崩离析:路,期待的雪橇,他的勇猛。他懂得,仿佛人们在给他唱临终颂歌。

此时右边,正对着木桩,在一块巨大的悬垂水面上的雪块附近(雪块上的雪正融为暗淡的细流落入水中),波格丹看到那只鸭子。鸟儿把头埋在翅膀下正静静地随着水波荡漾。它身上撒满了雪,就好像它自己的白色幽灵。波格丹吃惊地揉揉眼睛,雪仿佛变青了。

"咕咕,咕咕",他突然叫起来,尖细的嗓音自己都感觉奇怪。他刚刚叫了鸟儿三声,野鸭便全身羽毛一振,雪从它背上滑落下来,它慢吞吞地游到边上去了。波格丹觉得委屈,恼恨,他甚至感到要冒火了,他就这样紧张地盯住那个绕圈游动的那块蓝。他觉得最窝火的是,能想起是怎么叫小鸡崽的,可是怎么叫鸭子却想不起来了。鸭子早就游远躲到雪后面去了,可是波格丹还在叫喊着:"咕,咕咕……"当他感觉连牙都结上了霜时,他不得不闭上了嘴。此时他突然觉得,落进冰窟也不算可怕了。他收起冻麻的脚,原来那个斜坡并没有那么滑。暴风雪刮得更大了,于是他转念一想,觉得鸭子是他的幻觉,根本没有这个鸭子的存在,这只是他面临死亡的幻影吧。

雪光开始发着昏黄色，应该好好想想，太阳快下山了。风的呼啸声越来越响了，他感觉现在的雪掺着细小的雹子打在耳朵上针刺般的痛。波格丹就这样蹲了很久。雪被风扫起来跟肩膀平齐，在他胸前翻滚辗转。后背暖和些了，波格丹还是不想起身离开。他把手指抄进衣袖，动了动帽子盖住耳朵，眯起眼睛。此时他感觉，脚下树根隆了起来。他晃动了一下脚，有个类似冰块的东西落在脚旁。他弯下腰，天完全黑下来了，他无法活动的冰冷的手摸到鸭子的羽毛时都有些迟钝了。鸟儿挣脱他的手，从一只靴子滑到腿弯，看起来，它想找个更暖和的地方。波格丹这时才想起，鸟的蓝色羽毛不知怎么让他想起死人额头上的花环。强烈的邪恶感就连波格丹也心惊肉跳，他伸手去掏怀里的刀子，可此时胸口充满了温暖的感觉，并且这温暖也涌流到他的双手。靴筒里的雪已经干了，没什么感觉，脚上的包脚布散花了，成了一根根线绳。他背后的大雪堆给人异常宽大坚实的错觉，不知为何让人觉得像个浴室。波格丹心里充满了前所未有的善意。

"嘿，见鬼了。"他嘟囔了一声，仔细地端详鸭子的翅膀。后来他的手摸到了鸭子潮湿的肚子。此时只有波格丹可以发觉，鸭子在轻轻地颤抖，它的脖子无力地垂到波格丹的手背上。"接着滑呀。"波格丹小声地说，久久没有收回手，直到鸭子暖和过来，从翅膀下露出头来。

人与鸟就这样在冰窟旁待了一夜。开始时波格丹动动冻僵的脚，鸭子就会飞快地闪开，后来它习惯了，只发出轻轻的嘎嘎叫声，波格丹不禁觉得好笑。末了儿波格丹甚至觉得，这鸭子是饲养员用野生鸟蛋孵的，后来又从饲养员那里逃跑的。一大早波格丹打了瞌睡，睡着时他坚定地想，"我不会冻死的。"他就真的没冻死。清晨春天的暖流从他待了整夜的山冈小树林后面涌过了雪原。风吹动波格丹的睫毛，波格丹一下子跳起身用雪搓热双手。三根手指已经不听使唤，轻微的发蓝并且异常肿大。"只能截掉了,"他莫名其妙地高兴地想,"脚上的大概也得截掉。"他怀着同样愉快的心情意识到,路上的雪更多,覆盖了一切,下了大雪,也总是到春天才把它扫到路上。迷路又有什么可耻的呢。耳边传来轻微的翅膀扑打声,是那只野鸭钻进冰窟了。但是它很快又浮了出来,仿佛它舍不得温暖与阳光,它用惊异的眼神看了看人,大声嘎嘎叫着自信又快速地向上飞起,在树林上空沙沙作响,迎着春风向山冈疾飞而去。

"哼,见鬼了。"波格丹看着它的身影,爱怜地说。冻坏的手指开始肿痛,波格丹对这疼痛并不在意。走在积雪的路边,他信心满满地想,如果就现在打起来,最后挨刀的也是斯焦帕,不是他波格丹。并且到现在他也没想明白,怎么会害怕自己的村子,如此温暖的小村庄炊烟袅袅卧在冰雪世界中,他干吗要想到死,还跑出去,平白地打什么人,简直作死……他还不知道,现在该怎么办,但是他心里充满的快乐信心让他变得越发坚强。他就这样脸上带着并不擅长的笑容走过村子,敲着窗子轻声地喊:"妈妈,给我拿斧子和毛巾来!"

他把手放在劈柴用的原木墩上,砍下了那三根手指,用毛巾扎紧手,对母亲温柔地说:"现在就是和斯焦帕打起来,我也一定能结果了他,妈妈。"母亲听到他温柔的话语,感到很害怕,流血的雪让她感觉心里恶心,泪水夺眶而出,而他却害怕掉眼泪,她也像儿子那样温柔地问:"利沃韦尔,买啥了吗?"于是波格丹又以不习惯的微笑温柔地答道:"那又如何……我这么勇敢的人可不是用这个词来形容的。"

# 夜

情深不寿,慧极必伤

阿方卡·彼得罗夫的大哥菲利普死了,他死在婚床上,就在自己婚礼当天。在结婚前,菲利普张罗了很久。菲利普的岳父是个富裕的磨坊主,想让他婚后到自己家里住,要了很多彩礼钱置办家当。菲利普在村子里逛遍了,但是村子太穷了,拿不出像样的聘礼来娶他心头挚爱的未婚妻——葛拉菲娜(他的未婚妻葛拉菲娜,可是他的心肝儿),于是他去了城里。他在那待了一年多,他回来的时候,也没告诉任何人(总是默默地什么也不说)。除此之外,他还带回来一个金字黑底的牌子,这可能是因为,葛拉菲娜有一头如同盛开的麦穗般的秀发以及黑麦一样的眼睛。因此,过一段时间,大家开始揣测他在城里的经历,他在城里睡梦中度过的那些短暂时光中,他痛苦的躯壳梦见了那双黑麦般的眼睛。在婚礼前夕,他亲自赶着镶金铃铛的三套车到岳父家送彩礼了,乡亲们争相跑来看他,磨坊主在门口迎接他,搂着他的肩膀动情地拥抱他,眼眶里含着大颗的泪珠——以及些许醉意。然后菲利普家的老人们坐着轻便马车来了:亚历山大·伊里奇和玛丽亚·伊格罗夫娜也来了,也醉醺醺地,酒话连连,阿方卡也来了——他是小儿子,满脸雀斑,走路总横冲直撞的,戴着天蓝色的圆帽子和厚厚的绒毛手套。大家拥抱过后都纷纷落座,不停地吹嘘起来。彼得家的长辈说:他们的儿子菲利普是个要强的人,过日子一定能心想事成。老场主也开始吹嘘自己美丽的女儿,整个两间房里都听得见他瓮声瓮气的叫喊,一时间叽叽喳喳热闹非凡,说葛拉菲娜那双眼睛就是你的陷阱,还说年轻那会儿他自己也是靠一双眼睛迷倒了十几个女人。然而葛拉菲娜的双眼实际上像中了枪的树洞，死气沉沉，她也没有抬眼看一看未婚夫。菲利普跟她并排坐着，他看起来挺拔、强壮，并且脸色有些苍白。虽然他看起来很平静，但是内心深处却狂蜂乱舞一般的激动着，还时不时地感觉到针扎似的疼。

再次赶着三套车驶向村委员会，就算村委会只隔一条街，也要坐着车去。婚姻登记很快就办好啦，村苏维埃主席也开心得摘下帽子，坐在老场主身旁，所有人又一列马车前往教堂。此时正好是初春，装饰在马车上的彩带兜着风，飘来荡去，车夫看着马鬃上面晴朗的天空，起劲地赶着三套车跑遍了村里的大街小巷。驿站劳役在村子里的街上牵着三驾马车徘徊，麻雀们，从土台上捡出干净的稻草，欣赏着飞奔的马车队。顽皮的孩子们在马车后面追赶，时不时扬起一阵云雾般的尘土，烟尘一会儿从马蹄下冒出来，一会儿从车轮底下钻出来。孩子们玩一会儿就跑累了，他们的表情变得局促不安起来，他们可不能让车队落下啊，不能让那春天里丁零丁零的铃声，还有仿佛喝醉了的马匹和人的眼睛给落下。

婚礼又回到了老磨坊主家，人们继续饮酒，一边放声高歌一边相互吹捧。村主席放声歌唱，要是让他随便唱，他能赛过任何一个神父，还真是，他有一副不同寻常的粗犷嘹亮的嗓子。菲利普坐着还是那么挺拔严肃。他在桌布下面抓着未婚妻的手揉捏着，仿佛要使出一年半中攒下的全身的劲儿，他也不会说点儿啥。葛拉菲娜让他攥得有些疼，可心里欢喜，手已经麻木了，嗓子发紧，心都醉了，可她还是不敢抬起黑麦一般的眸子看他一眼，随后年轻人们簇拥着新人坐到床上，老场主笨拙地在女儿面前一直跳舞，不停地用他那两只瞳距很近的大眼睛使眼色，让她表现得亲热点儿。客人们全都散开了，但是不知怎么回事，都在桌旁流连着，然后突然又开始喝酒和跳舞，睡着的人也用呼噜声应和着曲调,接着太阳也出来了,仿佛也拍着手和声,客人们随意地躺着东倒西歪,菲利普的老妈妈,玛丽亚·伊格罗夫娜喝得很少,但是她发自内心的比大家都快乐,尤其感到内心很满足。当客人全都困倒在地上的时候,她在他们身上画十字,从他们身旁走过,尽可能地给他们盖好大衣。阿方卡在庭院里的车上酣然入梦,玛丽亚给他盖上了两层的皮袄,站在露天下快乐地想着,她的晚年会如意轻松的,她善良随和的小儿子不像菲利普那样严肃,应该选一个快乐的未婚妻,婚礼也会比菲利普办得更体面,爱情也更稳固一些。玛丽亚·伊格罗夫娜回到了小木屋里,可她还没有睡意,后来她突然想起来要给奶牛挤奶,她拿着挤奶桶走到牲口棚,喜悦的心情又一次袭上心头,于是她悄悄地回来了,蹑手蹑脚不发出一点儿声响。她把挤奶桶放在铺满残羹剩饭和碎掉的小碟子的桌上,并走到了年轻人们睡着的房门口,对着门缓缓地画十字祝福,她眼中饱含着泪水,并且一再画十字祝福着。沙哑的呻吟声此时传到门外,玛丽亚·伊格罗夫娜也用同样沙哑的嗓子,跟她劝说分娩的母牛似的说道:"没事啊,亲爱的,没事啊,忍耐一下。"然后她慢慢地拎起了挤奶桶出去了,在门廊上也能听到她的声音,奶桶磕着台阶咣嘟嘟地响。突然葛拉菲娜衣着凌乱地冲了出来,扑在老婆婆的肩上。

"不好了,菲利普不好了。"她尖叫道。

老太太瞥了她一眼,亲热地用自己的披肩挡住她的大腿,亲切地说:"没事的,亲爱的,这是你的义务。"老太太拿起自己的水桶,向她画了十字作为祝福就回了房间。而菲利普还是如此的挺拔和严肃,就像平时一样,他躺在床上,只是他的脸好像有些吃惊。因为他的痛苦和耐心,让他能得到一切回报。大家送菲利普下了葬,其他人也来了,磨坊主觉得,坟穴好像不够深,风仿佛要把菲利普吹出来一样,他把手伸进去测量坟穴,一边在坟边的土上走一边喃喃自语:"葛拉菲娜成老姑娘啦,现在全村人都要笑话她啦,她这辈子算完了……"

老彼得罗夫走来想要安慰他一下,可他不知说什么好,只是嘟哝着撒谎说菲利普还没有碰他的妻子。

"一切都会好起来的。"他说,可他自己都觉得说的话没有底气。葛拉菲娜的脸上面无表情,也看不出她在想什么,似乎她并不清楚菲利普因何而死。棺材搬进来时,阿方卡偶然在穿堂里见到葛拉菲娜,她眼中闪着泪光,嘴唇毫无血色,靠在门框上抹了抹眼睛,似乎新婚夜的喜悦还在她周身荡漾。冰冷的露珠砸落在阿方卡的心头,他突然跑进房,哭嚷着:"让我去死更好!"玛丽亚·伊格罗夫娜诧异地看着他,好像对着全世界一字一顿地慢声说:"哦,上帝啊,人间岁月如流水,你也逃不过的。"

为葬后宴烙了薄饼,菲利普的父亲突然想起,该还三套车了。这时磨坊主不出所料地一边敲打着勺子,一边大声嚷嚷:"什么!我女儿蒙受的耻辱还不及三匹马吗?现在全乡都在笑话她啦。他们说磨坊主是巫师,他女儿是女巫。谁还会要他?老姑娘就是死路一条,连当兵的都要啐她。"

突然,葛拉菲娜转过头来,用那双跟父亲极为相似的瞳距很近的金色大眼睛环视着大家,拉长声音说:"这大概是上帝赐予的……"她没说完,这就是关于她的命运的话,不过也没有人再问她了。

老彼得罗夫喝了点酒,壮了壮胆子,开始讨价还价,终于从给磨坊主的三匹马中要回来一匹马,而且带全套马具的,而菲利普给的彩礼钱,磨坊主则坚决不还了。要回来的马给拴在车辕上,它歪斜着身子不肯走,眼睛里还透出婚礼当天的喜悦神气。

就在这几天里,大地已经换了装束。丘陵上显出了斑驳的绿色,泥土也散发出青草的气息,只是在山沟里还覆盖着狂风吹聚起来的积雪,雾气缭绕，轻纱一般覆盖着山谷。于是老彼得罗夫聊起了种田，他说，春天来啦，就要变暖啦。这话他去年春天也说过，但是现在阿方卡已经不愿意相信这些话了，连听也不愿意听。离村子两里外的地方有个岔路口，一条路通往阿丰基诺村，另一条泥泞不堪的大路通往车站。几辆满载木头的马车在泥泞的路上艰难地跋涉，马都给拴在一起，一个瘦弱的农民娴熟巧妙地吹着口哨，哨声在车队里回荡。一条毛发通红的狗突然尖叫起来，天知道它在叫什么。阿方卡看了看他们，揪心的感觉更为强烈了，又想起菲利普的夭亡，还有仙女般的葛拉菲娜眼里那股喜悦与满足的神情。于是，他从马车上跳了下来，说要坐火车回家。虽说坐火车只走四十俄里，坐运货马车要走六十俄里，可当有人说要坐火车，人们还是显得很惊讶。老彼得罗夫现在就异常惊讶，但他什么也没说，只是用力拉紧马的缰绳，用长棍子赶着菲利普的马。阿方卡急匆匆地赶到车站，就好像火车在等他似的，等到了车站，他却突然觉得已经没必要那么急了，也可能没必要坐火车回去。车站里运木材的农民们抽着烟，两个休假后返回军营的士兵大声地读着《农民报》，其间不时地因为对各种不同的乡村新闻的播报打断了朗读。他们没有把阿方卡算到士兵里来，他的胸没有那么挺拔，尽管他看起来也机灵敏捷，就是嘴唇厚而且很大。阿方卡羡慕那些开心的士兵，向他们要了张报纸，他也不想多说话。冰冷肮脏的窗子照不进多少光线，天色逐渐昏暗起来。离火车到还有四个多小时，值班员一只手拎着钥匙，另一只手打扫起来。

"收脚！"值班守夜的人突然生气地朝阿方卡吼了一声。于是阿方卡便抖抖报纸也冲他喊了一嗓子，而且要写投诉。一开始农民们和红军士兵们都好奇地看了看他，他们想，他大概是喝醉了或者找碴儿打架，后来大家就都似乎有些尴尬地转回身去谈自己的事了。这次口角让阿方卡浑身振奋了一下，但是很快就又无聊了，后来他就开始打量炉子边上的值班员，他穿着脏兮兮的皮袄，手里拿着弄脏的扫帚。值夜班的人正想出一个让阿方卡懊悔一生的妙计，突然他大喊着说："火车晚点三个小时。"他的吼声那么响亮，连红军战士手里的报纸都掉了。阿方卡烦躁不安，他啪地打开大门走出了车站。凛冽的风呼呼地吹着，淅淅沥沥的雨落在车站大钟旁倾斜的路灯上，火车站独有的散发着煤油味的黏糊糊的液体在地面上闪着光，它似乎在映照着今天凄凉的景象：噼里啪啦的雨点打在屋顶的铁皮上，就像感冒患者的鼾声和肺痨病患的咳嗽声。车站外的马路两旁栽着高大的松树，但是现在看起来很陌生，它们没有任何声响也没有任何气味，它们周围一片寂静。阿方卡又走回车站。这时一列货运火车缓慢吃力地驶向车站，火车头是烧煤的，车尾部连接着的是运煤的黑乎乎的车厢。石煤像沙子一样随意运送，阿方卡十分惊讶。这时那个很凶的值班员戴着长耳风帽和手套顺着火车的车厢走过，并且用手电巡查着每一节车厢。不过，他并不打算检查那几节运石煤的车厢。阿方卡立刻跑到火车头旁，那个谢顶的司机快速拿起一支卷烟，开始抽起来。阿方卡抓住车厢侧面当作挡板的厚木板，跳进了石煤车厢，司机手里那支烟的火星时隐时现，过了一会儿就突然熄灭了。阿方卡突然想起自己今天穿的是一件新的海狸毛的灰色夹克，现在估计已经被石煤弄脏了。火车晃了几下就开动起来，煤块在阿方卡抓着的厚木板下吱吱作响。实际上，他这么坐着非常不舒服，木板不停晃动，身体也随着木板摇晃，潮湿的煤块晃进了袖子和靴子里，鼻子也因为煤灰发着痒，但是阿方卡怎么也找不到能保持平衡的大的整石块。不一会儿，石煤都滚到木板下面去了，阿方卡准备坐到更高的木板上。车厢再次晃动起来，阿方卡用力抓住厚木板。

　　金色的火花状的东西在黑暗的天空中闪烁着，一会儿跳跃，一会儿熄灭。车轮轰隆隆地响，车轮的防滑钉带着火花向前冲去，车轨两旁呼啸声响起，就像被吵醒的松树发出的回声。阿方卡弯下腰看到，铁轨就像闪光的号角，木板摇晃得越来越厉害，他打了个寒战，手滑动了一下。阿方卡试着用腿钩住木板，但是完全钩不动。他已经不明白自己要干什么了，开始手脚并用地扒开煤块，突然被一块尖利的像冰一样的煤块划到了手，金色的火花不再跳动。列车长问司机要根烟，阿方卡本想跳下车休息溜达一下，但是想到自己被煤弄脏的大衣，觉得会被别人笑话。此时他突然想到，也许站在煤块上面会好些，他爬上煤堆。司机扔掉了烟，火车压过烟头，慢慢开动起来，烟雾飘了起来，火车头的灯光向前移动着。

很快，阿方卡感觉到，煤块上大约一俄尺的地方还坐着一个人，阿方卡向他弯腰，那个人嘟哝了一声，阿方卡没有听清，但大概明白那是些抱怨的话。阿方卡用手挡着风，划着一根火柴，凑近看了看，他看见一双大大的充满善意的眼睛，一张瘦骨嶙峋的老太太的脸和一张怯生生的紧闭的嘴。阿方卡有些开心又有些忧愁，他喊了一声："老太太，你去哪？"

听到他的喊声，老太婆胆怯地摸了一下肩膀上的包，她坐在那里，手里捧着一个装满了煤块的毡靴。煤块不大，两个人坐着很重，一些细碎的煤渣掉落下来了。很快，阿方卡就不得不靠着老太太坐了。老太太用手套顶着他的腰，后来就更大胆地戳着他。阿方卡突然想骂人，可是火车头呜呜地鸣笛，笛声过后他也不想骂人了。老太太也不想折腾了，她的包碰到了阿方卡，她的包像木头一样硬邦邦的，可能是面包干。阿方卡突然想起，在哥哥的葬礼上碰到过这个老太太，一种难以言喻的沮丧和疲惫涌上心头，他问："你在菲利普的葬礼上没少搜刮吧？"老太太又开始嘟哝着抱怨起来。

阿方卡的后背很快就酸痛难忍，两个人挤着坐，真的不舒服，火车在一个站停下时,他打算跑到另外一面的站台上去。但是那里也可能有人——黑夜里两个站台就好像被撕裂的干草垛。列车员们拿着灯走过站台,一边说着雨衣的事,其中一个人不情愿地说到站台上撒下了煤的事情。这时从黑暗中突然传来一声恼怒又低沉的声音:"把雨衣叠起来,懒汉!"声音里充满了蔑视与高高在上的意味,甚至当火车开动起来时,一位乘务员经过后,阿方卡还哆嗦了一下,不满地呼了一口气,他低声问:"老太太,你不下车吗?"

老太太的整个身体都摇晃着,阿方卡的太阳穴突突地跳着,痛起来。他头重脚轻地坐了很久,并没有意识到火车在飞驰,他一直在想那个老太太的事。阿方卡想,如果轻轻地撞一下她的后背,在她佝偻的后背上撞一下,然后朝她的脖子打一下,老太太就滚下斜坡了,她的位置可就空了,也许这样她就老实屈服了。但他明白,老太太没有伤害他的意思,但是只是在心里想想,就觉得开心,就没有多余的心思去想菲利普的死了。老太太似乎看出了阿方卡的心思,她微微动了动,用戴着薄手套的手轻轻地碰了一下他的胳膊。阿方卡一下子推开了她,可偏偏她的驼背撞在阿方卡的肩膀上。阿方卡心情烦躁,开始数起数来。车轮的滚动声打扰着他数数,他也睡不着,一阵厌恶袭上心头。大片深蓝色的云飘在空中,他重新开始毫无意义地数着:"六,七——"他喃喃地说,开始摸索着一个能落脚的地方,然后可以轻松地踢到老太太。片刻间,车轮的哐当声打碎了他的思绪,但是很快,心里的愤怒又占了上风。他已经伸出了腿,握紧了拳头,随后他冻僵酸痛的膝盖被手套裹住——老太太的驼背就抵住了他的胸口,老太太叫着把脸紧贴在他的上衣上。

"老太太,你怎么回事啊,你疯了不是!"他大喊,声音让自己都大吃一惊。他一下子想到自己的衣服会被弄脏,于是想把老太太的手扯开,但是她的双手紧紧地抓着他,其中一只手还抓着他的衣兜。她的手攥得紧紧的,他下意识地想到,老太太可能会扯坏他的衣兜,他更生气了,气急败坏到了极点,破口大骂,但是老太太还是没有撒手,现在他已经不想怎么把老太太推到斜坡上去了,他只是想着,不管怎么倾斜,只要抓着他的上衣推就不会跌倒。他坚信,要是推老太太,那么她就一定会跟他纠缠起来的。这种想法越来越鲜明了。他想起来,昨晚他几乎一夜未眠,要安慰母亲和照顾父亲,他内心还有一些难以理解的想法。两天来他几乎没有吃东西,他感到头昏,四肢无力,整个身体都靠着老妇人。他趴在老妇人的背上,老妇人的手还像原来那样紧紧抓住他的衣服口袋。他突然想起那个村姑玛尔法,一个强烈的想法出现在他的脑海里(随后他才想到为什么会有这种想法,因为,他想起玛尔法也曾经撕破过他的口袋),这情形现在又发生在老太太身上,这让他非常气愤。

"你松开手,老太婆。"他冲着他大喊。

"别大吼大叫的,年轻人。"老太婆声音嘶哑,一字一顿地说。

他不断地骂着,并且开始往她身上吐口水,他越来越不满,各种难听的话不断从他嘴里吐出来。后来,他的手酸痛了,围脖也掉了,连呼吸都困难了。这时路边的信号灯不停地闪,火车要进站了,车门在嘎吱嘎吱地响。老妇人把手松开了,阿方卡活动了一下身体,冲着老太太骂了句脏话,就下车了。这里有个站台,他来过,离他家还有五俄里路,就着路灯的光,阿方卡发现上衣并没有像他想的那样已经弄脏,他拍打身上的雪。阿方卡再也没有碰到那个老太婆,他也没有回到车站,而是在周围转了转,就回家去了。

第二天是星期天,又办了酬谢宴会。亲戚们聚在一起,为菲利普感到难过,他们说:"这都是战争的恶果,战争把士兵的心都打碎了。"没有人提到葛拉菲娜,大家都离开以后,父亲不知怎么把马笼头从木钩上摘下来,就像捧着礼物那样拿在手里,对阿方卡说:"路上怎么样?"

"很顺利。"阿方卡生气地说。

从父亲的声音里听得出来,他想出了一个绝妙的好主意,因而他答应了父亲。事实上也是这样,父亲拍了拍他的肩膀说:"要按我的意思,这事根本不用上法庭。我们就说,菲利普根本没和她睡过,也就是说,没碰过她。现如今的法律,很容易钻空子的。他也就是脱了自己的衣服,仅此而已。除了我们的老妈妈,没人见到她裸体,她算哪门子的菲利普的老婆呢?长舌妇的闲言碎语会在全乡散播开去……磨坊主得多丢人。要我说,他算是上门女婿。他岳父腿脚一直不好,也活不长了,可他有两间大房子,磨坊里还有很多磨面机……"

"哦,磨坊啊。"母亲羡慕地说。她觉得,要是阿方卡去葛拉菲娜那儿,生活就会恢复如初,如同菲利普回来了那样。阿方卡默默地接过父亲手中的马笼头挂到钩子上。父亲等了一会儿,以为儿子会说些什么,但阿方卡却沉默不语。父亲觉得,他虽然是个冒失鬼,可也总归还是听话的。寻思了一会儿,父亲决定还是先安顿好菲利普的马,便出去了。母亲走到窗前,坐在凳子上,用手拨弄着卷起边的毛巾,显然,她试图弥补自己都不明白的过错,想跟儿子说些什么,可阿方卡站在门钩旁没有听母亲的絮叨。他很委屈,父亲居然毫不顾忌儿子的意见,出门走得这么快。他自己明白不能拒绝,但是他不理解为什么。他只知道,当他躺在床上的时候,身旁仿佛总是出现菲利普喝多了的空洞的眼神,他会跟饥饿的狗崽那样一辈子围着葛拉菲娜的身子打转,而且阿方卡的一颗心足够应对漫长的人生。阿方卡的心跟他兄弟的可不同……"会挺过去的。"这想法在他脑中里一闪而过。葛拉菲娜无处去啊,她留在阿方卡身边,既跟着他,却不能在一起,她会挨骂挨打,忍受着深秋的孤寂的夜……

"你在说谁呢?"他听了一会儿后,突然问。

"就在这，亲爱的阿方卡，我们这来了个要饭的，她给我们讲，她打出生就这么要饭过来的，在这待了一早上了，大家都离不开那个乞丐了。她双眼虽然衰老，却又大又善良。我难过啊，我说，我难过啊，看啊，无论从哪儿举例子，善良的人总会出现，行善都会带来好处。你应该对葛拉菲娜好些。那个乞丐可能待在那个角落，或者小广场上，乘务员从她身旁走过，会把她叫到自己住处，招待她吃点什么，还会给她点路费。我想，她可是同胞啊，而她完全来自另一个地方的，她有一颗善良的心呢。"

"你是说，她有颗温柔的心吗？那个驼背的？"

"谁是驼背啊？"

"就那个老太婆。"

"大家都知道，后背上有个包似的驼背老太婆……"

阿方卡大笑起来，他开始心情好些了，仿佛整个世界也美好一些了，后来阿方卡用手掌拍打着马笼头，换了一双鞋，连走路的姿势都不同了。来了几个小伙子叫阿方卡去参加晚会。可是离天黑还早着呢，还来得及弄到伏特加，叫来了手风琴手和姑娘们。很快伏特加端上来了，也迅速就喝完了。手风琴乐师演奏了一段全新的非比寻常的乐曲。不一会儿，阿方卡要出门走走，几个小伙子勾着肩膀，推推搡搡着走出门去。

外面天气晴朗阳光明媚，帽檐在阳光下像镜子似的反射着光线。他们的村子就坐落在小冈上，他们兴奋地爬到高处，俯瞰着朝耕暮耘的广袤大地。

年轻人在谷仓旁玩打拐子，羊拐子在空中飞舞，闪着白光，就像飞鱼一般。阿方卡突然喊了一句："朋友们！我要结婚了，我请大家吃酒！"他刚说完，大家便哈哈大笑起来。

小伙子们聒噪起来，一边等着喝酒，一边猜新娘是谁，奉承地说，肯定是乡里最好的姑娘。大家对葛拉菲娜几乎只字不提了，这让阿方卡内心感到特别可怕，同时一股莫名的欢快的不安油然而生。当听有人说到最美最富有的新娘安努什卡·博伦科娃时，他马上附和道："也许是她吧！我打赌！"接着小伙子们就朝酒馆走去。进门时，阿方卡被门槛绊了一下，一股恐惧与兴奋再次涌上心头。酒馆的老板娘柳博卡没在家，看店的是她的侄子，米佳，瘦弱不堪，人称宪兵警察。据说酒馆的老板娘以前在她侄子那里生活，并且在她侄子的庇护下玩着城里的爱情把戏，这是她当厨师时学来的。米佳的眼睛干涩，像被吸干了似的深陷下去，还有些口齿不清。他只给小伙子们一瓶伏特加，然后就像村妇似的把钱藏到袜子里，因为老板娘不在，他也不敢卖第二瓶酒。他还回答了小伙子们的问题，说柳博卡去学校看门人那里了，那里来了一个不知道叫啥名字的乞丐。"讲阿方卡的事。"他补充了一句，同时不怀好意地舔了舔嘴唇。小伙子们说，等等再讲，喝完了酒阿方卡心里更难过了，于是他叫大家一起去学校保卫室看看。小伙子们带着手风琴，跟在阿方卡身后。这时，太阳仿佛更大了，低低地垂在房屋上方，整片天空仿佛被染红了。看门人、柳博卡还有那个不知叫什么名字的乞丐已经去了别处，到寡妇巴拉斯菲娅那里去了。阿方卡先敲了敲窗子，后来又挥了挥手，他知道，有人会出来的。不出所料，走出来的正是昨天那个乞丐。她打着哈欠，温柔地看着小伙子们，她的牙龈粉红的，还沾着面包屑。阿方卡以为她没有看到自己，其实她只是瞟了一眼，并没有认出他来。

"帮我们叫酒馆的老板娘柳博卡。"阿方卡嚷着。老太婆不熟悉他的声音，所以这个女乞丐仍然面带微笑并默默走回去，关上了门。

不一会儿老板娘柳博卡出来了——她胸部丰满，嘴唇很厚，因为都是自己人，柳博卡就开始抱怨说在城里很难买到伏特加，并且她已经厌倦了这么辛苦的工作,很明显,她想额外加钱,或者她就喜欢在男人面前卖弄风情。阿方卡于是大声说:"我请客!随便吃!"

阿方卡的话音刚落,那个女乞丐就出来了。她敏锐地看了看阿方卡那双大大的叉开的双腿,仿佛他这人从头到脚都慷慨——然后,用胳膊肘整理了一下肩膀后面背着的坏了的背包,走下台阶。她就站在阿方卡的对面,但就是没有认出他来。于是阿方卡朝着她大喊了一声:"老太太,你干啥过活!"

突然,老太婆温柔的眼睛眯起来,仿佛闭上了一样,她向后倒,做了一个手势,就像要伸手抓阿方卡的口袋。她张开干瘪的嘴唇要说什么,阿方卡出于本能抡起胳膊打到她的嘴上,她的头向左躲过去,阿方卡不偏不倚地打到了她的后脑勺,老太婆应声倒地,阿方卡用鞋后跟踢了踢她的太阳穴就走到一旁。一个喝醉的小伙子突然尖叫了一声,想要把老太婆拦腰抱起来,可是后来他跳到一旁,目光空洞地瞪着阿方卡。小伙子们喊了起来,都说那是她活该如此。虽然谁也不明白,为什么会活该如此。大家盯着老太婆看了一会儿,她的腿不停地抽搐着。小伙子们扑过来揍阿方卡,阿方卡没有反抗,挨打时只是不停地闷哼着,用双手护住自己的脸。他们不知不觉打了很久。几个乡下人聚在旁边,既不为阿方卡打抱不平,也不为小伙子们助威。直到老彼得罗夫来了,阿方卡才得救:他浑身是血、脏兮兮地躺在离老太婆不远的地方,老太婆已经被收拾干净了,有人把她的手交叉放在胸前。彼得罗夫老头儿站在那里,捋着稀疏的胡须,想说些什么,又难以开口。他想把儿子抱起来,又抱不动,唉!这时那几个乡下人不慌不忙地逮捕了阿方卡,并且冷漠地拖着他往前走。第二天清晨,阿方卡被送到了城里。开庭前,他一直关在监狱里。开庭的法官是一个机敏自负的人,他马上对案情做出了判断,阿方卡是盗马贼、赌徒加酒鬼,他说:"被告人,请你做最后陈述。"阿方卡站起身,说他是参加完哥哥葬礼后乘着拉煤的车来到这儿的,但是他忘记运煤车叫什么了。他有些慌张,大脑一片混乱。他开始胡说列车员什么的,为自己做苍白的辩解。阿方卡原地站着,环视周围,除了老彼得罗夫,没人来看他。况且老彼得罗夫也控诉:"老婆子生病了,农场下雨了,磨坊主还了菲利普的地。磨坊主整日借酒浇愁,葛拉菲娜日渐消瘦,像花儿一般枯萎了,她整日祈祷着,老头儿用责备的眼神看着她。"

法官皱起眉头思考,看来阿方卡是为了掩盖自己的罪行,对知道真相的老太太起了杀心。

"还有什么想说的吗?"法官镇定地问,并且对自己这样的声音满意。

"没有啦。"阿方卡回答,这时他突然觉得,他说的话没人理解(他说不出能让人明白的话),便像孩子似的放声大哭起来。父亲也哭了,法官离庭商议判决结果,然后很快就回来了。阿方卡的眼神再次变得暗淡无光了,他久久地望着父亲,向法官深深地鞠了一躬——深深地,他这辈子都没有给父亲鞠过躬,他撇着嘴讥笑着,阿方卡被送去监狱服他的刑去了!

# 彩色的风

# 1

打大鸨鸟要打头！要是打到翅膀或胸脯，子弹就会偏，那鸟就一定会飞走，死在芦苇丛里。谢苗把这个秘诀忘了，鸟没打中。

他的一只脚狠狠地踢起一株绛红色草藤，还有金黄的鸡毛草——都是些柔嫩的草。干吗还在乎这些草？

山谷里弥漫着割草节时升腾的青草味儿。松树漫山遍野，如同流淌下来的松脂一般；山谷的天空让山岩石围起来，像围脖一样，风吹过，沙甘—乌宾斯基山岭上蓝色的雪松沙沙作响。

谢苗一瘸一拐地走着。脚上的靴子越发紧了，汗水湿透了短裤勒着腹股沟，身子疲倦，到镇子还得走四里路——要翻过沙甘—乌宾斯基山岭哪。

"火药涨价了——也找不到，一个大鸨鸟值30镑。打鸨打头！"

"见鬼了！"

一只蒙古兔瞪着绿色的眼睛就在他前面——靰鞡兔子跳到路上，两只耳朵竖起来看着四周。连兔子都明白——火药很贵啊。

蓝色泥塘左边有吃饱喝足的鹅发出高叫声。谢苗习惯性地要开枪，已经朝那边走了，但转念一想，又折回了老路。

"打鸨打头！"

他可从来没有迷过路，这次他迷路了。

他向周围看了看——泥塘昏暗中透着灰蓝色，是沼泽地，黑琴鸡拍打着翅膀从泥塘那边飞上了天。

"呸，真糟透了！"

谢苗折回到小路上，这回他眼前是一片荒地——树林间的一片空地。有一块布满了苔藓的高大石头，旁边坐着三个人。草原上的干枯树枝正烧着三脚架上的一个茶壶。

三个人穿着军大衣，大衣又脏又破。三个人灰头土脸，眼睛慌乱地望着天，盯着草丛，还有石头。

看来——外乡人，在他们这个乡没有这样的人。其中一个个子高得像松树，面孔发黄——看来还镇定，可眼睛也和另外两个人一样。

谢苗的内心一下子仿佛被喜悦淹没，手指抬起来扣到了扳机。

"难道不是？上帝保佑！"

他们正坐在篝火旁，地上放着蓝色的红军帽子。枪靠在石头上。

谢苗选了那个胖一些的。这次他把枪端到耳朵下，瞄准了。开了一枪。

一个兵倒了，手直接扑到篝火上，谢苗还没来得及换子弹，另两个已经一下子跳到树林里去了。谢苗等了一会儿，听着那里枯树枝咯吱作响。

金龟子从树枝上落到石头上，泥塘里的小水鸭嘎嘎地叫了几声。

听不到他们往哪里跑了，就听见啪地摔倒。"寒热病鬼！一个也够了！"

他捡起了几条枪，用衣服打了两个结捆着，还捡到一本不知道书名的小薄册子，从篝火旁拉起死者，拿灌木丛的松树叶子盖住了他。

"这尽是泥塘。"他快活地说。

"主要是，"他愤愤地记起——"大鸨鸟是灰色的，毛很厚实——子弹也打不透的，要打头，打眼睛。"

## 2

菜园里热烘烘。篱笆旁杂乱生长着一人多高的灰蓝色的荨麻。篱笆后面有人在急匆匆地说话。

谢苗放下枪喘了口气,掏出了真丝烟荷包。

一个女人的声音正不安地问:

"要是能去个没人认识的地方多好啊,卡里斯特拉特·叶菲莫维奇?简直太揪心啦!大家都指指点点,数落着!我干不好活了,咋办呢?"

有人从地里压低了声音答道:

"忍着吧,要忍。我还能说啥?亲爱的娜斯塔西娅,我信过的教,都教人忍耐啊。好啦,忍就忍吧!蚂蚁也就是这么忍着的,过来点啊,这废物都带着刺扎人,这盖的是什么房子啊!"

谢苗起身,胳膊肘拨开荨麻,头伸到篱笆上面沮丧地说:"老爹,又跑这里鬼混来啦?你就不能忍忍,全乡里都传遍啦……说你养姘头,说你野汉子什么的,缩头乌龟。"

卡里斯特拉特·叶菲莫维奇缓缓地揉着壮实挺直的腰杆,不慌不忙地回应道:"你走吧,走吧,爹的事情还要你管不成?"

"你就铁了心这把年纪还鬼混?丢人丢到家啦……野汉子!"

谢苗冷冷地瞥了一眼踩坏了的田垄,女人光润的嘴唇。他往前挥了一下胳膊肘,走开了。

"田垄都压坏了,种马!钻别人家的菜园子……忍,就该骂,自己忍吧,瞧瞧?"

谢苗托了托枪喊道:"老爹!回家吧——神仙也怪不得,我还得在那边打野兽。"

"不就是打点黄鼠狼吗?"

酷暑中的大地熏蒸得麻木了,到处弥漫着干燥又不安的气味。一行行灰蓝色的田垄仿佛飞起般疾驰而去。

娜斯塔西娅·马克西莫夫娜颤抖着激动的胸脯,仿佛脖子打坏的黑琴鸡。穿着微微黄色的柔滑的衬衫,上面点缀着光溜溜的鸡血红纽扣。

"小点声,小娜斯塔西娅。"

娜斯塔西娅少女般光滑柔软的嘴唇回应着他:"小声说话,应该在夜里。"她温柔地醉人一笑。

卡里斯特拉特·叶菲莫维奇额头瘦削凹陷,身子却肩宽体阔——胡子长垂着。他贪婪地盯着她光滑柔软的嘴唇,把一双大手指向土地回头说:"你瞧……"

娜斯塔西娅·马克西莫夫娜也不明白——是高兴地哭还是哭得高兴?

而谢苗此时已经回队长这里了。

来到脏乱的镇子里,男人们总是像往常那样抱怨着什么。

队长那双欢快敏感的蓝眼珠闪闪发光。靴子上的灯笼裤已经泛黄了,从靴子边耷拉下来。

——上帝保佑,谢苗·卡里斯拉特!

谢苗说:"你眼前就有个命令吧?"

"说的哪个?"队长快活地说,"现在老百姓都喜欢发号施令。这些愚蠢的命令!"

"当众宣读了。"

"长吗?"

谢苗沮丧地一挥手:

"应该是收起来了吧?你去找出来!"

队长哈哈大笑起来：

"文书，找那个有新戳的。不管哪个人管，戳都是这个。"

文书从桌子里边拿出文件。谢苗说："念吧。"

"念吧，"队长也附和，"这应该是关于红军的。"

文书读起了文件：

"掉队红匪恐吓居民，宰杀牲畜，纵火焚烧树林并打伤……鉴于上述情况，个人采取一切措施……号召猎人……悬赏每打死一个……四十卢布……"

"劳驾，"谢苗急忙打断念文件的文书，"谁签名？"

文书看了看末尾，唱颂诗般的语调说："现落款——谢德洛夫团长，好团长啊——团办就有一百五十号人，都是得过圣乔治勋章的军人。"

谢苗抚摸了一下那个文件，捋直了制服帽子的帽檐。

文书抽起自己的烟卷，拿燃着的火柴烫跑了爬在命令文件上的苍蝇。队长又说起了粮食的事情。他说话时活像嘎嘎的鸭子，大家也都跟他一样。

谢苗说："文书，你给我写个证明吧。红头的，按照命令那么写。"

"你真的打死了？"队长问。

"在沙甘—乌宾斯基山岭那边有三个，跑了俩……"

"密林啊，跑可容易啦，队长吩咐过写文件都到乡公所去。"一个农民说。

"那里会有人给你发的，"他说，"你回头自己带着吧，文书，把辊子给我。"

他在那张纸下面签上了字，说："为了你的四十卢布生出多少麻烦事。"队长话里的嫉妒让他不舒服。

农夫们不紧不慢地谈着正在贬值的货币，从海参崴运来的商品，还聊到了可以进森林里去找"纸币"①。

"碰到这个才是幸运哪!"队长说。

棚子下面那匹套在伊尔彼特马车里的马正等着谢苗,卡里斯特拉特·叶菲莫维奇坐在堆成一堆的原木上,费克拉在台阶上拍打着棉被。

"打着什么野兽啦?"她口气着急地问,"秋天的熊可便宜呢,去年蜂场那边给35,是熊吗?"

"歇着去吧。"谢苗说。

婆娘扭着宽大的裙摆走了。

卡里斯特拉特·叶菲莫维奇打开吱呀作响的薄木板门。蓝绿深沉夜色中小儿子德米特里从部队回来了。他个子矮小,厚大的棱角分明的下颌长在坚硬的头上,长军大衣略显疲惫地挂在身上。他的妻子,身板结实灵活的达利娅拎着挤奶桶从牲畜棚里迎出来。德米特里顾不得脱掉大衣,领着妻子走进了干草房,不一会儿就听见他长时间粗重的喘息声混合着沙哑的军人嗓音。

达利娅后来哭着捋好了头发整理着衣服,喘息着跑进了屋问:"烧酒有吗?他要喝酒。"

上房里躺在炕上的瞎眼老人乌斯金尼娅哭了。白眼仁的猫崽正在桌子上扑抓蟑螂。"去,"达利娅喝了一声,"奶奶,烧酒啥的没有吗?"

"我不知道啊,达柳什卡,我不知道。米坚卡从战场回来啦,啊?"

达利娅在大箱子里翻找了一会儿,又在自己的东西里找,慌里慌张地四下里找。

"没有,奶奶,没有酒了!"

老人那双蒙上了白翳的湿漉漉的眼睛睁得很大,它们就像落在薄薄

---

① 1917年克伦斯基临时政府发行的10卢布及40卢布的纸币。——译注

地长了一层青苔的树墩上的蝴蝶。

"我不知道啊,达柳什卡,我不知道。"

"难道还得去镇子吗?……难不成还得去神父那?"

德米特里走了进来,他还是穿着那件大衣,只是脚上换了一双大号的毡靴。

"找到了吗?"他嘶哑着嗓子大声问。

他就像喝醉了很久了,挥舞着手臂,大声喊着说:"去吧!好好过吧,没有男人你们就乱来啦!得算双倍的账——出发!"

看到了老人,他在床沿边坐下来。"奶奶,你这是在哭吗?"他大声道,仿佛害怕什么似的。老奶奶用围巾的角擦干了汗,哽咽着,伴着咳嗽说:"打仗啊——不得了!你咋样,米坚卡,没受伤吧。"

德米特里哈哈大笑起来:"负伤,奶奶,负伤是一定的。打仗所有人都有伤,没有人不受伤的,对吧,奶奶,啊?"

"你们跟谁打仗啊?都说是和奥地利的皇帝打。"

"我不记得啦!打了好多仗——和德国人打过,和奥地利人打过,和卡列津打过……所有皇帝都打过了,自己人之间又打,把我们打过了战线——来吧——粗花尼,回家去……现在俄罗斯有布尔什维克啦,我自愿选择他们去啦!"

老妇人晃了晃自己的大脑袋,蜷缩起双腿。房里弥漫起灯油味,混合着烤面包和白桦树枝的清香。窗外沉沉又闷热的蓝色夜幕落了下来。

"我不知道,米坚卡,我是个瞎了眼睛的人了,我看不见啊……"

"你有多大岁数啦,奶奶?大概有一百或者一百五?"

"谁还记它呀,没人记喽,我自己都记不住了。"

德米特里粗野地开着玩笑,哈哈大笑起来。

德米特里烧酒喝太多了,他拿一个没有带子的圣十字给她看,俯身亲吻了老奶奶。他就像在兵营里那样激动地大声喊着:"全世界的和平,布列斯特—立陶宛和平!先生!我愿意干活,耕地,是吗?这带子我毁掉了——革命了,十字架——给,戴着,戴脖子上,因为现在贴身十字架再也不让生产了,先生们,卡里斯特拉特·叶菲莫维奇,同志,先生们!"

油灯快要灭了,于是达利娅就在炉子前弯下腰,吹着煤炭迸发出火焰。卡里斯特拉特·叶菲莫维奇沉默着,他壮实的身板有些歪斜地坐在椅子上。

老奶奶在炕上哭泣,就像炉子在黑暗里啜泣呜咽。

就在附近不远处,在透着月亮光芒的蓝夜里人们走过世代居住的木屋,走过肥沃的耕地,跨过山间小溪,沿着奇利克金山谷向塔尔巴卡泰斯山行进。

## 3

谢苗一大早就从乡公所回来了。他微微跛着脚迈着大步跑到大门前,开门一眼就看到了德米特里,他正在棚子里给车上油。

"回来啦?"他问,"听说,城里开了农机仓库了。割草机的齿轮得换换了。"

德米特里放下盛油的瓦盆嘶哑着嗓子答道:"你们这里可真奇怪啊!看看,西伯利亚就是西伯利亚——车都抹上黄油……罗斯那里做梦都想不到啊。"

"没有润滑剂呀。你又没法把土地抹上油。"

费克拉脱下皮鞋,匆匆忙忙地跑进房子,张望着找德米特里。

"把你管住了。这一辈子都不会放开。你穿着半高腰的靴子只能暂时待在车上，怎么去田里啊——脱了吧。在这里过日子你得置办齐全……"

德米特里摸了一下刚刚才剃过的光溜溜的头，突然张开大嘴哈哈大笑起来：

"你在这里打死过值钱的野兽吧？哈哈！罗斯那人们还没打……"

"那里还有机会……"

"有机会。"德米特里回答，他厚厚的棱角分明的下颌跟犁刀一样，慢慢抖动起来。

淡粉色的炊烟在小村上空快活地弥漫开来。蓝黄色的塔尔巴卡泰斯山从闪耀着金蓝色光芒的云层里倒映在大地上。栅栏里散发出干枯的熟透的稠李味道。

"发钱了吗？"

"他们本来不想给，要证人。"

"瞧，浑蛋，要证人。应该说，这是两相情愿的事。对吧！……假如我们想象一下：有十万张这类的好皮子，按钱来算……"

"一大笔钱。"

费克拉走进了畜棚，她像大鸨鸟一样长得粗壮，圆鼓鼓的，却很灵巧。一双灰色的小眼睛，也像鸟儿那样藏有一层雾蒙蒙的光芒。

德米特里向她使了个眼色，用士兵的骂人话骂了句。

"你的婆娘有用啊……"

德米特里宽大发黄的扁平鼻子紧贴着脸，鼻孔就像个火柴头那么小，可呼吸起来却粗重有力。

卡里斯拉特·叶菲莫维奇迈着像狼一样潇洒的大步径直走了进来。

"你在喝着呀，米佳，太棒啦，"他说，"昨天灌了多少烧酒了。俄国都宣扬新信仰啦，他们说的吗？"

"士兵只有一个信仰——老爹，剩下啥也没有！你问的是布尔什维克的信仰？"

卡里斯特拉特·叶菲莫维奇看了看谢苗，摆了一下手，就好像要用手挡开湿地上的植物似的，他说："每个人都有自己的信仰，可怎样的信仰——我不懂！人民需要什么样的信仰，我也不知道……"

他紧闭上嘴，一只手托着脸颊。

"给谁造了什么孽，他们自己都是知道的。实际上，谁心里有愧，就担惊受怕的，米佳，会吓得掉汗珠子，一个劲淌眼泪。谁能掂量罪过大小……"

"你能吗？"

"我怕掂量。把铁都烧化啦——什么镰刀、凿子、闸门都不会有了。"

"我们这里住着一个老爷，在士官团部，姓叶尔莫林，如果那样，我可要结结实实吻三下，凶猛的野兽要到我这来啦，比如和平文件。行吧，那我们就投奔波兰人吧。"

谢苗擦了一把刚毅的凹陷下去的脸上的汗不耐烦地说：

"就算你不要什么信仰了……走吧，找自己的情人去。这里可定下规矩了，你懂的，米佳，找情人，大家都在谈信仰，自己都快六十了，可还……呸！"

德米特里低沉地大笑起来，边笑嗓子边发出嗞嗞的声音：

"你等等再结婚吧！就这样，那个叶尔马林……"

谢苗使劲挥舞着攥紧拳头，啐了一口来到屋檐下。

吃午饭时吉尔吉斯人阿里姆汗来了，他没下马就问：

"哎，穆尔扎①，想好了没？"

谢苗和德米特里开始讨价还价。吉尔吉斯人要十五卢布才修大门，可谢苗就给十卢布。吉尔吉斯人从马上跳下来，挥着撕破了的紧身外衣的长袖子，怒气冲冲地要钱：

"你这钱就像白捡的一样——开一枪，就得四十卢布——喏！我可得干五十天呢。对你来说就是打次枪，我可得拿着斧子砍成千上万次呢。唉！穆尔扎！②谢恩卡！"

他皱着眉头，那张脸疲惫不堪，脸色苍白，眼角微微有些吊眼梢儿。德米特里喊起来冲着他谩骂。

阿里姆汗慌忙跨上马突然喊了声：

"打仗啊！俄罗斯人打红山羊，俄罗斯人打，坏皇帝跑了！"

价格谈妥了，十二卢布。

阿里姆汗开始削大门，一匹瘦马从角落那边走过来，它尾巴上的毛掉光了，活像光溜溜的尸体。马拉着柳条箱子，马脚总打绊。远处有四个戴狐皮帽子的吉尔吉斯人驾着车走过。

村里的小子们向吉尔吉斯人扔石头。草原野马吓得离院墙远远的，躲着这些男孩子，吉尔吉斯人并没有回头看。他们的脸就像暑热中的草原那样，被晒黑了，变黄了，又疲惫又忧郁。

"他们这是送谁啊？"卡里斯特拉特·叶菲莫维奇问。

阿里姆汗放下斧头，双手交叠着，朝那边点了点头叹口气说："送命啦！"

盒子里躺着一个吉尔吉斯人，他裹着破羊皮袄，黑头发乱蓬蓬的。他发黄青色的脸暗淡无光，但眼睛就像猞猁那样细长，透着残酷的暗绿

---

① 塔吉克人对鞑靼人的称呼。——译注
② 15世纪鞑靼各国家封建贵族的称号。——译注

色的光。

阿里姆汗噘起嘴唇,垂下双手说:

"大能的穆拉,啊!啊喽萨满,萨满啊喽,大萨满,他认得所有的魔鬼撒旦,也认得众神啊,就像在群羊中认出一只羊!"

## 4

这天夜里在塔尔巴卡泰斯山里从北面遥远的海上刮来了冰冷的蓝色海风。风带来了冰雪的气息,把万物都笼罩上了寒意。

雪松被风刮倒了,骨头般坚硬的大树枝打着它的脸,风抓着它蓝色的头发敲击着地面,扫过山岩与石头。

这股邪恶寒冷的风挤进了奇利克金山谷间的伊塞克塔乌峡谷——这里的巨石坚固非凡。

蓝色的风在塔尔巴卡泰斯山里吹着。而它又挟着雪松和无人沼泽地的气味刮进了伊塞克塔乌峡谷,风肆无忌惮地狂吹,刺鼻的气味,烧焦烤化这些巨石。

两个俄罗斯人躲在石头后面。他们用雪松的树枝盖住身体,脚上盖着苔藓,两人像石头一样沉默着。这夜里只有风在诉说,用轰鸣的非人的声音诉说着。

石头湿漉漉的。潮湿的雪松也点不着火。苔藓又冷又硬。

大地异样寒冷。石头也像这刮着蓝色冷风的夜一般显露着异样寒冷。

一个逃亡者身材瘦小柔弱,他用拳砸着石头折断了树枝,枝条的坚硬划着他的身体。可身子实在疲乏,终于败给了大风,此时俄罗斯人摸到另一个高大强壮的一动不动的人。

另一个伸直了手脚躺在石头后面,瘦子的手摸到他的脸时,他才猛地抿紧滚热的嘴唇。

早晨俄罗斯人继续穿过巨石向南跑。

风停了,大地散发着灼热的草香。蓝天如洗低垂在山溪的上空,就像一条巨大的蓝色的鱼。

可群山顶部则像一些红色的鸭子在蓝色的云中嬉戏。

大地要人留下肉体——强硬而又坚决。而高山则要他的灵魂。

这些可都是人啊,像面包般,在草地上油腻地腐烂了。可大地没有滋养,也没有力量挪动。人们紧紧钩住灌木丛,拖拽在它的怀里。灌木撕碎了人的衣裳——大地就这样接纳着光裸的人们。

俄罗斯人向前走着。

大地拉下蓝色的夜幕。群山温婉地发出一声叹息。

他们仅在出发的第二天吃过蘑菇,用棍子打了沼泽地里的针尾鸭。针尾鸭从水里钻出来,狡猾地以鸭子特有的大叫声,一边嘲弄着山脉,一边落到山谷里去了。两个人低垂着头,无助又饥饿。

又一天过去了。脑子模糊,发沉,身体虚弱得仿佛不是自己的。马尼拉就像光裸的美人鱼——一块戴着绿色冠冕的大地,有着温暖的胸膛。两人沿着石头小路向南慢吞吞走着。这一天里两个猞猁从他们身旁跳过。

那个高大健壮的俄罗斯人沉默着,眉毛遮盖的眼中射出执拗的野兽般的光。另一个人也沉默着。

## 5

伊西多尔神父的头发乱蓬蓬的,有点发绿。而且嗓音低沉,断断续续,一股沼泽地里面的气息。他穿着暗绿色的袍子迈着阔步走着。他的头像草墩子——仿佛长着苔藓,毛茸茸的胳膊——就像崎岖的道路,那双眼睛则如同井水——明亮透彻。

正房里很凉,对于绿头发的林区神父伊西多尔来说,除了身子是自己的,其余一切都是别人的,而且他在这里走路也不像个主人的样子,而是溜着墙边走动,墙壁宽阔,长着绿色霉斑。

这里卡里斯特拉特·叶菲莫维奇仿佛成了主人。他神色庄重地坐在木头沙发上,自信满满地说:"伊西多尔神父,住得不怎么样啊!你要是个养蜂家就好啦。那你可就当上大祭司了。"

神父闷声叹了口气:"我啊,孩子,我明白!……到了坟墓里我有恩典:空气跟蜂蜜一样,那里也有青草茵茵,跟我们说的似的。"

他环顾周围——墙上挂着一些画,满是苍蝇,还有一盏灯上盖着粉红色灯罩。隔壁的房间里,他的纤瘦妻子穿着带裙箍的粉红印花棉布裙,就像那个灯罩一样。

"可你不行啊——你有家要养……还有衣服!你要烧酒吗?"

卡里斯特拉特·叶菲莫维奇执拗劲上来就反复问:

"听说新信仰了吗?新的信仰,听说,都宣传啦……"

"没听说。你一个劲儿问,打算信吗?新信仰挺好。我也可能要信别的啦,可没听说啊……"

"你管好自己的就行啦。你也不关心下自己,连个窗户都没有。你那里一片漆黑啊。神父成迷途羔羊。是野兽才能去厮杀,你知道不?你,伊西多尔,就做好你懂得的事就行了……"

神父离开墙旁,把他毛茸茸的头倾向卡里斯特拉特·叶菲莫维奇。头发里有股沼泽地里腐败的草味,眼睛如地下井水般发出森寒意味。

"你以为——我信吗?你,卡里斯特拉特·叶菲莫维奇,闭嘴!只有我一个,孤身一人落到森林里,我不信!为什么上帝忘记了森林?为什么经书里都没提到？因为那里有自己的上帝，也有苦修士们，也有我们俄罗斯的神职们……"

他一屁股坐到旁边的沙发里，透过泛绿的长胡子，耳语般低沉地咕哝着："那些神父们不信基督教的上帝，卡里斯特拉特·叶菲莫维奇！……我知道自己咋到森林里来的。我啊，孩子，我觉得恐惧……心里有团火焰在烧，我在控制它，不放它出来！可要是放出来——会烧掉整个森林。"

毛茸茸的乱草一般的他又顺着墙壁跑出去了。

"孩子妈！老婆，费丽扎塔·谢苗诺夫娜！能不能给我们端茶壶来？"

一切还跟过去一样，外面空气里浮动着淡绿的暑热。马儿低垂着头躲在仓库的暗影中瞌睡，它们的腿看起来一点劲也没有了，大肚子也干瘪了，轻轻抖着。

房子里却潮湿阴冷。

"秋天还是这样，"伊西多尔说，"我很快就要割蜜了。你不是要去捕猎吗？卡里斯特拉特·叶菲莫维奇。"

卡里斯特拉特·叶菲莫维奇放低嗓音说："我是因为儿子的事，一个人从前线来的，米特里。"

"听说了。打死红军的那个？"

"另一个。"

"这样啊——常事儿。你赞成吗？"

"不。"

"也不该啊。要是我啊，孩子，我也不赞成，可不赞成不成——这是政治，那接下来的事——和平，就好像亵渎神灵或者什么……"

"这是什么亵渎神灵？"

伊西多尔两手一摊哈哈大笑起来。笑声里夹杂咔咔的嗓音,就像树被劈裂的声音。他的牙齿露出来,一排尖利发黄的牙,活像松木做的楔子。

"卡里斯特拉特·叶菲莫维奇,你原谅我吧……我舌头在林里待久了,动得迟钝啦。"

"那你可怎么祷告啊?——我要祷告一下吗?"

伊西多尔环顾了一下四周,俯下身,又一股烂草味直冲卡里斯特拉特·叶菲莫维奇的鼻子。

"我嘛,我只在教堂才大声祈祷,现在我就沉默,你明白了?"

卡里斯特拉特·叶菲莫维奇伸出双手抚弄着长胡子,用双手摩挲着,胡子发出沙沙声:"你瞧,神父!你不说话,那我们咋办?"

"我不知道,孩子,我对你可是实话实说了,你跟谁也别说啊。你也别吭声。"

"我们都不说?我觉得难受,伊西多尔神父,我心里就像有个野兽在折腾……"卡里斯特拉特·叶菲莫维奇走了。伊西多尔神父独自站在窗前,须发闪着绿色的光,脑海中走马灯似的飞快转过那些思想的片段:蜜蜂,养蜂场,还有那个农民——高个子,胡子发蓝,古怪的人。

神父叹了口气,低沉地说:"蜂蜜,空气!在这儿,应该大声说这些。"

乌斯金尼娅薄如蝉翼的手指摸着地从大门近旁走过。她把那些刨花收到一个撕破的围裙里,可围裙兜不住,那些刨花纷纷散落下来,于是黑土地上便张开了黄黄的焦油的伤口。

德米特里哈哈笑着说:"收吧,奶奶,你要是死了,我们会给你送终,这些煮粥够了。嘿嘿!"阿里姆汗摇打着大门。谢苗打算去郊外的生荒地找姐姐阿戈里皮娜。费克拉筛着细小的谷粒准备给他酿烧酒。

谢苗那张干瘪凹陷的刚毅的脸颊沉着，他有些沮丧地说："爹，你就算把鞋子缝上也好嘛，鞋子都散开了！闲得慌啊，估计啥都偷光了吧？"

他飞快地扫了一眼走到仓库前的德米特里。

"咋啦，德米特里？那锁上了！"

"钥匙在哪儿？"德米特里急着问，"我要看看粮食！"

谢苗在裤兜里摸索了半天，回答道："不知道丢哪里去啦。我找不到啦！"德米特里气得两手一挥，去了农舍。"去你的，瘸鬼！你以为我要喝酒啊？我要你的粮食。达利娅！"

达利娅匆匆忙忙从牲口圈里跑出来，边跑边拽下掖在腰上的裙子。

谢苗看了看门说："你也认为，矿石……是容易打坏的！"

乌斯金尼娅好像只生病的鸡，在院子里慢慢地踱步。

谢苗走了。德米特里在屋里像士兵那样发着口令。卡里斯特拉特·叶菲莫维奇站在院子中间。他放下强壮有力的双手，手臂沿着腿垂着，平静地呼吸略微炎热的空气。临近院子里公鸡在争相打鸣。

阿里姆汗看了看长着一双冷酷眼睛的一动不动的庄稼汉。他想给他说点好听的。于是他拿出一支烟凑到腮边说道："你啊，东家，好啊——你胡子真大，还油亮的。真主啊——你这样的大胡子得养上几百年吧？"

母牛都回来了，因为天热显得疲惫，暗绿色的眼睛无精打采。女人们的挤奶桶里装着稠得像粥一样的奶。

这天傍晚谢苗把阿戈里皮娜从荒地那边接来了。

她身材高挑，穿着深色的裙子，在堂屋里圣像前迅速地热切地连连鞠了好多躬。

"为那些坏了德行的人！为干坏事的人！为叛徒们！"可她身上却散

出一股刺鼻的酸味,贪婪的嘴唇皱巴巴的。平淡肤浅的目光溜着别人。

德米特里大笑着说:"应该为你祈祷,受难的女人,为庄稼汉,瞧瞧!"

阿戈里皮娜一动不动,不安地看着父亲。他也没有动,绿眼睛散发着幽深的光。

"据说,你想娶亲?"她问了一句,便紧紧地抿着红红的干嘴唇。

卡里斯特拉特·叶菲莫维奇不慌不忙地答道:"看缘分吧。可能,会娶的。她是个好婆娘,娜斯塔西娅!"

阿戈里皮娜痛苦地尖叫起来。她干瘪有力的身体旁套着宽大外衣的细弱的手臂使劲挥着。

桌子旁站着谢苗,费克拉和达利娅,而德米特里坐在床边,挨着乌斯金尼娅。所有人的脸都颧骨突出,面如菜色。

"上帝啊!你应该给修道院六十卢布,拯救灵魂!竟想着往家里领婆娘?我们家里的女人还少啊?死去的老娘知道也会气得跳出棺材,去你的吧!要是什么好样的也就算了,她啥样的兵没睡过。"

德米特里哈哈大笑起来:"正好!我们……女人们……得生活不是。"

"上帝啊!她在城里逛够了,饿得跑到乡下来了。她弄脏了整个乡所有男人。还眼馋呢……圣母啊圣母,你原谅我吧!"

草散发着牛奶的味道。天空低垂,像周围的草一般,是很浓的绿色。……草丛里被拴着两条腿的马粗重地呼吸,人也喘息得厉害。

娜斯塔西娅·马克西莫夫娜的唇柔软光滑,草也那么柔软光滑。大地正释放着难耐的欢乐的热情。

贴着大地的是夏天里人那灵活有力的身子。

"里斯特拉,看你……瞧……你……"她的唇咬到他绿色的胡子,是那股成熟的树木的气息,她的牙咬得他嗞嗞发痛——似乎在啃着他的心。

"里斯特拉……"

他浑身疲倦滚烫地仰面躺下来。天空很低,泛着暖绿色的光。再低一些便是同样温暖绿色的大地。他从草丛里起身说道:"应该有信仰……可什么样的,信谁,我也闹不清楚……"娜斯塔西娅·马克西莫夫娜仿佛看透了他的心,用很认真的语气说:"信仰?你除了爱情还要什么信仰啊?"

## 6

太阳西沉,沙鸡轻声咕哝着从水面掠过。

"噗啾啾啾……噗啾啾啾",水面上的沙鸡应声落水。长羽翅膀奋力在伸长脖子边拍打着,那淡绿色的眼睛惊慌失措。它们死了。斯麦尔科夫投了一个石块,它打到沙鸡的后背,于是鸟被打得摇晃着翅膀,石头则滚进了绣线菊花丛中了。

"没打着?"尼基京问回来的斯麦尔科夫。

"上哪打着去!"斯麦尔科夫头朝着篝火躺下了,嘴里还抱怨着说:"有点烟抽就好啦,那边,他们真见鬼,扒了一层皮哦。"

尼基京咬紧坚硬的向外突出的牙。他站在那里,身材很高,浑身散发出冷酷的感觉,光身套着弄脏的大衣。他身子有伤,被蚊子叮得到处是包,皮肤晒得跟沙子一样棕黑。斯麦尔科夫边梳理头发边讲着队伍是怎么打散的,政委打死了,剩下的一个同志也被打死了。他的嗓音透着忧愁,显得有些尖锐。

"你跟我说说,你和捷克人有啥区别?"他问塞尔维亚人米凯什,

"不都是一样的布尔什维克。"米凯什沉默着。他在一块石头上磨着雪松树皮。匈牙利人舒勒瑟躺在地上,身上穿着浅蓝色的奥地利制服。舒勒瑟和米凯什抬起山坡沙地上的红军战士,带着他一起藏进了山谷里。这里没有粮食。他们不敢出去,树林里不远处就有庄稼人的村子,可在山谷和山区里又有阿塔曼的队伍。斯麦尔科夫哭了起来,声音微弱地嘟哝:"我算啥呢?野兽吗?是吗?"

尼基京默默地盯着山谷看。绣线菊花铺满的山沟好像在跳动;花正在像水一样的灿烂草丛中奔跑,能闻到潮湿的泥土和蘑菇的气味。尼基京的沉默就像他第一天逃跑一样,斯麦尔科夫就是那时追上他的。他的那双手也干得像树皮,目光却像动物一样凶狠地盯着东西看。斯麦尔科夫一根接一根地拔着草,之后就尝着哪根可以吃。塞尔维亚人米凯什爬上山谷的高处,久久地站在那里向南眺望。"你真没意思!"斯麦尔科夫小声抱怨地说,"就算害怕又怎样,可他在这里……可真没意思。"接着塞尔维亚人把树皮放锅里煮开了。红军战士们就轮流拿勺子吃树皮。

斯麦尔科夫咽下了吃的东西,就放下勺子。他把双手放在胸前躺下。他哭了。米凯什拿起勺子吃了一口,递给尼基京。躺了一会儿,斯麦尔科夫用折叠刀挖着野菜。找到了一些发霉腐烂的蘑菇,便偷偷匆忙地吞了下去。吃下蘑菇后就呕吐起来了。

舒勒瑟和米凯什正小声地说着德语。舒勒瑟在山谷里找到一大束绿得发亮的野菜,他用这些草熬了很长时间。尝了一勺后,猛地啐了一口,把一锅汤都泼到了地上。

入夜,斯麦尔科夫弯着腰,偷偷地去农田里偷麦穗,可是他并没有回来。大家吃了些发甜的菖蒲根,舒勒瑟用衬衣捕到了两条手指那么粗的小鱼,也分着吃掉了。

山谷里又潮湿又闷热,可每到夜里却缭绕着绿莹莹闪着金色光的雾。绣线菊丛里发出窸窸窣窣的声音。他们感觉是那些农民进来了。米凯什踮着脚跳着跑进一团漆黑里面去了,后来他又回来了,声音平静地说:"人倒了,他们喝醉了,换东西呢!"

已经十二天了,阴沉沉的乌云像树冠一般低悬在山谷的上空。一股潮湿的夹杂雨水的风从平原那边吹来,山谷里野蔷薇的枝干呼哨阵阵。野菜根的锅已经煮开了,就在这时,绣线菊的花丛突然挪动了几下,接着就听见刺耳的声音:"上帝保佑!可就是你们的火白生了!"

有个人突然出现在那儿,他很矮,就像个小孩子,可头却很大。他的双腿都没有了,有两个跟身体一半长的树桩子支撑着他。米凯什猛地抓起一根树枝,可当他看到那两根树桩时,就背过身去。那个小人儿冷笑一声说:"你以为我就不能去报告吗?很简单!三个人他们能给一百二十个卢布呢。"

尼基京走到来人面前,叉开一条腿愤恨地问:"你要去告发?"

那个人灵活地走近篝火,把锅打翻了压在篝火上。

"一群傻瓜!烟味都冲鼻子。是啊,山谷里烟飘得低,我刚好闻到。可再低还能有我高吗?"他脱下破旧的外衣,摘下没了帽檐的灰不溜丢的帽子,把外衣往地上一铺,坐在上面。"我不会去报告!报告了,我不就杀了三个人?要是农夫打死的,又不给分钱。我可烦了,给他们那些人干好事,嗯,让他们见鬼去吧!"他自信又狡黠地挨个看看,凑着要熄灭了的柴火吸着了烟,接着说:"小伙子,我找了三十年真理。去过泰加林流浪,听说那里有真理,可他们呢,把我绑到松树上烧得我膝盖下都坏了,我不信人了,他们都是浑蛋,是畜生。"

忽然他掏出一块面包扔到草上,"吃吧!"

米凯什脸朝下栽倒在那块面包上,他咆哮地嘶叫起来。舒勒瑟赶紧跑过来扳着塞尔维亚人的肩膀,声音虚弱地问着:"米凯什,米凯什。"

尼基京则突然抬起胳膊,瞥了一眼来人,观察着灌木丛后面的动静。"你咋啦?"小个子问尼基京。尼基京艰难地站起身,来到小个子面前。一脚踢在他的牙上,踢得小个子双手捂着脸。尼基京想离开这里,可却跌跌撞撞倒在灌木丛里。小个子男人擦了擦流血的嘴唇,吐了口吐沫,轻蔑地说:"让你说着了!"

## 7

事情发生在牲口棚旁。谢苗不安地盯着德米特里的肿眼泡看了半天,他滑头地说:"老爹是会经营的,他不会就装装样子的。他也是个内行!在这儿,老兄!"

德米特里站在那里,像士兵那样身子挺直,双脚并拢。牛犊在牲畜栏里嚼着,发出咕噜咕噜的声音,一股股酸腐的气息扑面而来。"您看他要出去,小机器?"他逗笑机敏地问,"行啊,我可是给叫来干正事的,这年头老头都疯狂!"

谢苗瘸着腿走过来,把桶送到角落里。

"我们想过了,"他小声地说,但却有些坚定,"我要和费克拉在一起,她是我的女人,我们就这么想的,老头可不会白费劲,精明人啊!说到信仰嘛,都是好的!人们还在犹豫信仰什么,都厌烦啦,但是他琢磨出了自己的信仰。他可算是老人啊。"

德米特里咳嗽了一声,声音有些沙哑,他看了看那头小牛犊,点了点头。

谢苗叹了口气说,"他什么也不会跟我们说的——商人。他父亲以前就卖货,他运来些货——可无论如何都不给人看的!啊?"

"那就应该想想办法!"

谢苗高兴地耸了耸肩,把前胸的衬衫捋了一下,捶了德米特里的前胸一下,"你啊,米佳,你得明白一件事,做生意担风险,你应该去满洲里办货!那都是些强盗!"

"人们都浑蛋透了。打了这些年也没分出个胜负来。"

"对买卖人来说,这种日子就是末日。他还说什么信仰!"

德米特里激动得过头,筋疲力尽。谢苗把小牛犊赶到一边去,抛了些草就走了。德米特里站了一会儿,看了看浅绿色的干草堆。突然他开始蹲下做起体操来。"一、二、一、二!"

午饭后谢苗把阿里姆汗叫到门外说:"你给我做个祈祷小屋咋样?照着圣堂的样子。"吉尔吉斯人又问了一声:"啥?"谢苗呸地啐了一口,晃了一下肩膀,一瘸一拐地起身跑去追赶父亲去了。"老爹,我在这里给你订了个房子,阿里姆汗答应了,他会做。可他上不了漆。"卡里斯特拉特·叶菲莫维奇停下脚步,看了看绿油油的屋子上彩色的窗子。他同意了。"好吧,我都行!要是阿戈里皮娜不打算嫁人啦,老爹出家她可咋办?"

谢苗眨了眨眼睛,"缓缓再说吧。等等吧!我明白。"

阿里姆汗在树荫里做好了窗户,用原木做了两个隔断。德米特里在木架子上钉了一张很宽的大床。

阿戈里皮娜来了,她骨瘦如柴,皮肤黝黑如同干草。她怒气冲冲地打量着墙壁和天棚。"那个婆娘会带到这里来吗?"她轻蔑地问。

德米特里的手掌拍打着墙壁,把苔藓掖到墙的凹缝里,说着大话:"就算把圣尼古拉送去怎样!得祈祷!"

三天后卡里斯特拉特·叶菲莫维奇搬进了小屋。谢苗瘸着腿跑来,他微微颤抖着画了个十字,心情忐忑地问:"你祈祷了吗?老爹?"卡里斯特拉特·叶菲莫维奇躺在床上,双手叠放着枕着后脑勺,用他特有的强硬粗犷的嗓门大声说:"没有。"谢苗在屋里来回踱步,四处看看,看到一些落下的刨花,就捡起来塞进自己兜子里。"小屋造得很好!修道院长都想要呢!"接着他又有些懊恼地加了一句:"你祈祷吧,我可知道,你会祈祷的,不祈祷算什么农民啊!就分文不值啦!啊,老爹,对吧?"

他那一副恳请的嗓音就像什么微不足道的东西一样轻飘飘的。卡里斯特拉特·叶菲莫维奇瞥了一眼他那粗糙的脸,还有干裂得如同老树皮般的嘴唇,翻过身,脸朝着墙,口气冷硬地说:"我要睡觉啦。"

当天,德米特里在集会上扯着嗓门毫无顾忌地跟农民们喊叫着:"你们这干的什么事儿啊!你们是后备的人,什么事也……对我父亲卡里斯特拉特·叶菲莫维奇来说,异象出现啦,他跪了一宿啊!造了小屋,祈祷!我们有义务为你们祈祷吗?啊?你们怎么这样?"

于是他胡乱地讲起了父亲的幻象。想起了那些将军们,拉特科—德米特里耶夫啦,鲁兹斯基啦,叛徒列涅恩卡姆普,又把他们也安到幻象里面去。在肮脏的大门外面一小块淡紫色天空如同挂在轻轻颤抖着的黄色稠李枝条上。

农夫们莫名地沉默着,绿色的眼球迸射着锐利的目光,盯着房门。

阿戈里皮娜在台阶旁贴着墙壁闷声问德米特里:"娜斯塔西娅咋办,她可不信教的?"

德米特里跨上台阶停了下来。鞋跟响亮地敲打着,说:"那我们就给她派个上帝!"

## 8

虔诚的叶甫季赫来了,他安静又温顺。人们运送着金黄色的散发着蜂蜜气味的一捆捆燕麦。膘肥体壮的马儿也散发着蜂蜜的味道,睁着一双双荡漾着绿色的眼睛。瀑布柔顺且小心翼翼地流过石头。

人们穿过大路,从滑石堆里走上了小桥,进入吉尔吉斯的阿尔巴山脉。牛群赶走了,一团团灰尘半夜里滚过了大地。这群乌合之众经过塔利察村旁向西走去。

卡里斯特拉特·叶菲莫维奇在小桥边上看着吉尔吉斯人。

阿里姆汗不安地时不时同四轮马车队呼应着。从四轮大车上散发出骆驼和厩肥砖的气味。吉尔吉斯人的脸孔惊慌不安,风尘仆仆,窄细的眼睛恐惧地看着南方。

卡里斯特拉特·叶菲莫维奇问:"他们去哪里?"

阿里姆汗叹了一口气:"战争!吉尔吉斯人不喜欢战争。吉尔吉斯人需要好皇帝!"

"要打仗了吗?"

吉尔吉斯人送来萨满巫师阿波,身上吊着护身符,铃铛丁零作响。骆驼嘈杂嘶吼着,吐着唾沫,温顺的细腿小马驹嘶叫着在桥上奔跑起来。

"打仗!"阿里姆汗顿了一下,说,"白军号召打,红军不想打,太糟糕啦!"

瀑布飞溅,淡绿色的水雾落在吉尔吉斯人身上。水像一群被网子捕捞的鱼群,水花乱溅着在石缝中穿过。天空湛蓝,显出柔和的颜色,如同蓝狐的细软绒毛。

四轮大车在行进着。它们太多了,活像鸟儿在迁徙。车轮惊惶不安,剧烈地咯吱作响。德米特里赶着装满燕麦的大车。他看到父亲时,指着那些吉尔吉斯人冲着他大喊起来:

"吉尔吉斯人跑啦!它们像老鼠闻到煤油味。"

卡里斯特拉特·叶菲莫维奇慢慢走回家去。台阶上坐着一个麻脸女人，怀里抱着一个孩子。

"你干吗?"卡里斯特拉特·叶菲莫维奇问她。女人把孩子放到台阶上，一手捂着肚子，沉重地跪了下去。她抬起消瘦的脸望着卡里斯特拉特·叶菲莫维奇，泪水打湿了面颊，声音沙哑地说："祈祷一下吧，他要死了。"

卡里斯特拉特·叶菲莫维奇不由得后退了一步。双眼透出更深邃的蓝色，眼睛马上瞪圆，眼皮鼓胀。

"谁让你来的?"他冷冷地问。

女人挪了挪破旧裙子下瘦削的膝盖沙哑地说："祈祷吧！他们说，你的信仰是新的，祈祷吧！"费克拉手掌扶着门站着，她看着女人，露出高兴的神情。

"那你去找大夫吧，他会给治好的。我怎么能会呢?"卡里斯特拉特·叶菲莫维奇说。

女人突然跳了起来，拉开包着孩子的很脏的襁褓布喊着："你不想祈祷！别人你都给祈祷了，可不给穷人祈祷？你看，看啊！"

孩子已然发灰的小身体上布满一块块的血色瘀青。她用手拖着孩子哭诉着："我的小儿子啊，谁也不可怜你啊，不心疼你啊！你是我的陪伴啊，最好的依靠。"

孩子急促的喘息中夹杂着轻轻的间断的啼哭。女人伸着胳膊沙哑地恳求："祈祷吧！你怎么啦？祈祷啊！"

卡里斯特拉特·叶菲莫维奇说："我不会，我不能祈祷。"

"那你就用自己的方式，用新方法吧！"

卡里斯特拉特·叶菲莫维奇向婴儿俯下身，默默地念"我父"，然后直起身来说："带走吧。"

女人走了，可又返回来说："你哪怕画个十字也好！"

"走吧，"卡里斯特拉特·叶菲莫维奇突然用连自己都很意外的高兴的声音强调说，"他会活下来的！"女人双手托着孩子迈着凌乱的碎步走了。费克拉小心地撩起裙摆在后面跟着她。

晚餐时，达利娅给卡里斯特拉特·叶菲莫维奇带来了薄饼，冰凉的奶罐里盛着奶油。她站在桌子旁说："你，要是有需要——现在我们就不锁小篱笆门。"

卡里斯特拉特·叶菲莫维奇没弄明白地问："我上哪儿？"

"管他上哪，可能你想叫娜斯塔西娅来一下。"她笑了笑，晃动胸脯，看起来贪婪又性感十足。她弓着背慢腾腾出去了。

周围散发着淡淡的苔藓气味。德米特里在房间里大声说着话。心都热得溶解啦，真想冬天的冷空气。

快活的蓝眼睛村长匆匆忙忙地挨家挨户在村里敲窗子喊着："姑娘们，出来吧！姑娘们——必到！"

女人们整理着裙子跑出家门，在外面站成一排。文书手里拿着一支紫色的短铅笔。他身后跟着一群嘻嘻哈哈的小伙子。

"达利娅·斯莫里娜！已婚，二十七岁，活力十足的女人，走吧"

他把达利娅推到右边，达利娅红着脸用衣袖捂着脸。快活的村长喊道："费克拉·斯莫里娜，已婚，四十岁！"

他打量了她的衣袖，看了看书记员，想了想说："马还需要人打扫，站左边去！"

费克拉啐了一口，尖叫着跑进大门。

"怎么男人们不想让我去？村委员会好好想想！要挑选懂事的人去！"

小伙子们哈哈大笑起来。村长快活得眨眼睛喊着："阿戈里皮娜·卡里斯特拉托娃·斯莫里娜。未婚！二十五岁——右边！"

"我不想去,"阿戈里皮娜很快地说,"我不去!"村长往另一家走去。"这是你的事,"他说,"你要找哥萨克就留下吧。我们没有马啦,需要干打扫的活。可又不能把女人送去暴徒那里。你留下吧!"晚上,载着女人的车藏在树林的屋子里。打谷场上堆着酿酒的家什,鸟都给打没了,老太太们烙很多薄饼和奶渣饼。四轮马车穿过村庄。残疾的巴维尔赶着大汗淋漓的马儿,他匆忙地抬起左手朝教堂画了个十字。星期六近卫军哥萨克就到村里来了。

## 9

喝了家酿酒,人们醉醺醺地相互搀扶着走进泰加林,边走边挥舞着锋利的马刀。来的当天从森林跑出来三头野猪,哥萨克用马刀就把它们抓住了。

人们还在等野猪。

焦黄的紧绷着的面庞,深黑惊恐的眼睛,总是几个人一起行动。夜里人们在闷热的小木屋里久久高谈阔论,不知疲倦地说着酒醉的话。

三名军官被派去招募吉尔吉斯人入绿旗军队。吉尔吉斯人没有参加。傍晚凄美的橙黄色夜空覆盖了泰加林和塔尔巴干达山脉。后来不知道又把这队哥萨克派到了哪里去,据说,去了。剩下的只有一些最年轻的士兵。

农民们把牲畜都赶了回来。女人们也从新村回来了。

美好和煦的日子如蜜般浓,慢慢地热烈起来。

就在这样一个日子里阿戈里皮娜遇到了米洛诺夫中尉。他高大,面色红润,长着一对浓密的剑眉,看起来总是给人笑着的感觉。他在胡同里叫住了她:"听说你父亲成圣人啦?"

阿戈里皮娜怒气冲冲瞥了他一眼回道:"不知道。我可没看到神迹啊。"军官跟她一起向前走去。"你咋的,要去当圣人?你们这里每个姑娘都有小伙子啦——你可别弄得无人问津!"

他说话很急,仿佛在追赶什么人一样,可他的声音打着旋,又圆润又可爱。

"你跟谁玩啊?"

他脚蹬着棕色的漆皮软靴,迈步向前走着,大笑起来。他就这么笑着走到房子前。夜色浓郁,到处像沼泽里的水透着绿色。阿戈里皮娜躺在床上辗转反侧喃喃地说:"原谅我吧,守护神!扎波拉斯卡娅,创造奇迹的上帝!"

他站在一个人面前,这个人黝黑的脸,干瘦得像圣像上的圣徒。他抬起泛红的手,用响亮命令式的口吻说着话。从他的话里可以听到,一颗心就像秋天的草原,在燃烧,冒着烟。

可军官脸上却泛起红晕,好似不是在泰加林里钓鱼。只是他的眼皮周围缠绕着深深的粗糙的皱纹。

真想看到他每晚怎么睡觉。应该是又严格又专横。

阿戈里皮娜默默地站到旁边。

她向聚拢来的穷人们和怨声载道的人们凶悍地喊道:"应该祈祷,祈祷,你们和恶棍都没有心肝!"

穷苦人的灵魂就像春水般模糊混沌。他们垂下眼睛,拖长声音说:"罪过,亲爱的阿戈里皮娜,有罪啊,贞洁的。祈祷吧!我们的祈祷好像雨点,不会升入天堂,有罪啊!"

大麻田闷热难耐——如同人们的脸。不能盯着它们看,无法呼吸。头上的雾气飘浮——云般色彩斑斓,如入仙境。

阿戈里皮娜问米洛诺夫军官:"你信上帝吗?""我信。"军官口气严厉,他好像突然老了,皱纹从眼皮扩散到整个脸上。"我信。我就剩下一个信仰了。"

"而这个信仰就是阁下您。"

枪声一直在突突突地响。军官刮得精细的执拗的脸涨红了。寒鸦在射击的劈裂声中嘎嘎叫着从白桦树上纷纷逃窜。

松鸡血香甜柔软,像蜂蜜一样,她摩挲着手指。米洛诺夫醉醺醺疲惫地说:"拿水壶来,我们就在露天里喝茶。""可那些农民呢,中尉先生。""让他们把鸟拿走,我不需要。"

农民们排着队,就像去教堂朝圣那样,他们走过来,每人一只松鸡。最后一个人分到了三只。他不动声色地把两只松鸡都扔到灌木丛里,就追上大家离开了,只带走了一只。

阿戈里皮娜高高抬着一口系着毛巾的铜锅走进来。她把锅放到地上,眼神犀利地看了军官一眼说:"您的午餐。"

"谁下的命令?"德米特里哑着嗓子喊起来,"打了多少鸟,就是午饭啦!"

米洛诺夫酒醉般地甩着长久射击抽筋的双手。松鸡的羽毛落在沾血的靴子上。"没关系。"他站起身,无精打采地说。

"规矩,中尉同志,猎人不应该从家里带午餐,丢人,而且,侮辱人!"阿戈里皮娜拐进了树林。长长的蓝色纱丽刮在黄色的野草上发出沙沙声。秋日里蛛网银白泛红的细丝顺着紧绷的脸颊越抻越长。军官踏着坚定自信的脚步追赶上她问:"怎么到处都找不到你啊?"

阿戈里皮娜沉默着。

周围空气中散发着焦灼又香甜的草莓味。

"我想你,"军官犹豫着说,"我去德米特里那里找你好多次,我想,一定会遇到你。""别去那儿。"阿戈里皮娜说。

军官拉起她的手,轻轻揉着,慵懒地说:"我们去树林吧!我累了,想休息会儿。"

阿戈里皮娜默默走进草丛。他一下子朝她扑了过去,撕扯着她的上衣和裙子。

阿戈里皮娜被他压倒了,断断续续闻到他脸上的面包还有一种发酵的浆果味。军官柔软温暖的肩膀靠着她的脸庞。她发现,他腋下的衬衫开线了,露出了粉红的略有酸味的身子。

阿戈里皮娜双手抓着草,感觉他弹性的身体碰到牙齿,突然咬了他一下。军官嘶吼了一声。阿戈里皮娜闭上眼睛,牙齿咬着衣袖抻得很长。军官跳起来恶狠狠地说:"母狗!"阿戈里皮娜躺在草上,她愁闷得一动不动。橙黄色的阳光落在她的浸透汗水的太阳穴上。米洛诺夫抚摸着被咬坏的地方说:"你不该和牛摔跤!为了什么,问一句,你咬人呢?你自己倒不高兴了!"他踏着倔强的脚步走了。

在卡里斯特拉特·叶菲莫维奇的小屋里娜斯塔西娅·马克西莫夫娜正在说:"我不知道,里斯特拉,瞧,他们说,那些人有了别的信仰,你就跟我说说吧。我会信的。要不,我也不知道,要怎么才叫信,可能,也不能像你那么信。你就说说呗。"

卡里斯特拉特·叶菲莫维奇站起身来,他高大挺拔。他的沉重的毛茸茸的大手紧紧捂住垂下来的额头说:"我没有信仰,过去也是。"

"那就不要信啦!你在我看来,里斯特拉,就好像可爱的孩子。"娜斯塔西娅·马克西莫夫娜柔软光滑的粉唇回答道。

## 10

在很多村子和蓝色塔尔巴干达山区一时间流言四起。

"塔里察出了有新信仰的人了。"听信谣传的巴维尔骑着马走过奇利可金山谷说,"亲眼所见,一个虔诚的农民。他可是个大力士啊,能举起一百普特的石头呢。"

很多病人向前走着,他们是癫痫病患者,在这秋日阳光明媚的山里人多得数不胜数。

这些人不知是什么妖风吹来的,风从那些不知名的山谷刮过。

开始的时候只有两个三个,后来就几十个人一起走了。

秋天色彩是浓艳的,又有些脏乱。蓝色的风半夜里刮过来。风里带着潮气,还有鸟儿飞过发出的回声。

人们被风吹得弯腰弓背,就如同被风卷折的树。费克拉在门旁迎着他们,带他们来到镇子的那头。一个小木屋里,谢苗正一边接过人们给的布施一边平静地说:"他不喜欢钱,你要谈钱就闭嘴吧,闭嘴!"

每天傍晚那匹膘肥体壮的马便瞌睡着往谢苗的仓库里运人们馈赠的东西。

赤贫的人们匆忙地画着十字跪趴在轧轧响的台阶上。他们在门口的粗毛呢毯子上揉搓了双手,钻进修士的小屋。他们面颊扁平,瘦骨嶙峋,身上的破烂衣服散发着难闻的动物巢穴里才有的酸腐气味。

"嗯,你们要啥,要啥?"卡里斯特拉特·叶菲莫维奇用低沉的声音不安地问。

这些被生活折磨得不成人样的穷人们知道,不请求点什么是不行的。得求新的信仰,而且还要苦苦哀求。人们一躬到地,嗓子嘶哑地如泣如诉般地请求:"老爷,祈祷吧,卡里斯特拉特·叶菲莫维奇,求您祈祷吧!"

祈祷的小屋里弥漫着这些穷苦人们带来的暗绿的田野气息。圣像上圣徒狭长的发绿的眼睛注视着人们。有人在圣像前点燃了烛火。

卡里斯特拉特·叶菲莫维奇望着窗外浓重的黑夜。穷人们仍在哭诉哀求。暗蓝色的午夜的风刮着，发出忧愁的狼嚎般的呜咽。

似乎从半夜里冰块就在开始凝结，凝结，而这冰仿佛已经聚集到了他的心头，寒冷的带着尖锐边缘的冰割得他痛苦不堪。卡里斯特拉特·叶菲莫维奇说："我该祈祷谁呢？啊？"穷人们几乎同声答道："您知道的！"

他推开窗子。窗外正是盛夏。粉的、黄的、淡蓝色的五彩的风正欢喜地跳跃着。到处散发着豆类草叶的香气。

空气里有股蜂蜜般香甜的玫瑰般的气味。那个军官高大魁梧，又温柔和气，可他再也没来过。如同冬日里面的快跑，心里面有嗞嗞啦啦的痛。

她希望每个夜晚都看到年老威严又忧郁的众神。沉重的法衣亮闪闪，别的神也存在，他们因衣服灰暗不会降临到彩色的粗毛地毯上。

眼盲的乌斯金尼娅哭了："你就为我祈祷一下吧，阿戈里皮娜！眼泪不停地流——止不住啊。"

但是阿戈里皮娜本人的泪也止不住，泪在心里流。

夜晚如同西伯利亚的河流一样宽阔缓慢地流着。塔尔巴卡泰斯山上的野兽嗥叫着求偶——野猪，熊和鹿。

大木屋漂浮起来，跟碧绿的树木一起延伸到天边。暗夜中的花朵反衬着星光，散发着窗子里的人气。长毛的狼狗因思念群山忧郁地悲嚎。山顶——塔尔巴卡泰斯松鼠正撕扯着深蓝色的云。

不，阿戈里皮娜不会为任何人祈祷。

就在这样的夜里，她来到军官们住的学校，在小窗户上敲了敲，魁梧温暖的米洛诺夫走了出来。阿戈里皮娜说："你叫我，怎么啦？"军官笑了起来："当然，叫了，干吗这久不来？"

他带着她走了一会儿。

拥挤的教研室里两位军官在打牌。他们并没有看阿戈里皮娜。

"先生们,可以请你们给我单独五到十分钟吗?"米洛诺夫快活地问。

矮个长胡子的军官很快地说:"请吧,尼古拉·马特维奇,您尽管吩咐。我们到班级去玩。"

他们收齐了牌,拿起酒瓶夹在腋下走了出去。

又是那样一些莫名其妙又漫长的日子。军官去了草原里的一个地方,回来的时候什么也不能说,再也没来,也没叫她。

台阶旁是穷人们的呻吟。干瘦的手臂挥动着如秋天里衰败的荒草。

"别生气,阿戈里皮娜,别伤心,别生气,祈祷的人啊!"

卡里斯特拉特·叶菲莫维奇来到台阶上说:"您走吧,看在上帝分上,我什么也没有!"穷苦的人们沿着高高的台阶跟在他后面拖着长声恶狠狠地说:"祈祷一下吧,祈祷一下吧!"

牲畜在干草垛下面弯下腰。

心灵在愁苦中也弯下腰。夜晚阿戈里皮娜来到大门外。暗绿色的木屋温暖又低矮,像母牛一般。芳香的令人难解的风刮过。

## 11

伊西多尔神父顶着像干草一样蓬乱的头发吃力缓慢地走入修道室,大喘着粗气说道:

"你在这里,孩子,你想出什么新信仰了吗?来,说一说吧……"

他慢慢地把手抬起为他祈福。不知为什么他并没有坐在椅子上,而是坐在床上。他似乎还要着急去哪儿,于是说道:

"不要掖着藏着了!都说出来吧!没有人会公然谈论你的。这是一个什么样的信仰?"

尽管话语如此,但他的声音中仍充满尊重,好像是在与监管祭司交谈一般。卡里斯特拉特·叶菲莫维奇看了看他,平静地说道:

"我不知道。我长大后没有任何信仰了。"

神父粗喘着,放声大笑。他大笑着,浅绿色的头发和肥大的衣服散发出一阵淤泥的味道。

"这就是真正的信仰吗?不,实际上你,卡里斯特拉特·叶菲莫维奇……你看,没有阻止蜜蜂大量死亡的手段吧?它死了。"

"这和蜜蜂无关。"

"这是徒劳的!你可以谦卑安分守己,但这完全是徒劳的!"

卡里斯特拉特·叶菲莫维奇沉默不语。神父严肃地用手掌侧面敲着床,说道:

"你应当是浸信会教友或者鞭笞派教徒。你认为你是基督吗?"

"并不。"

神父大喊道:

"那你说你是谁!你为什么沉默?那时我会说——你是否有权为人们祷告!你为什么要打扰我?这也许就是为什么蜜蜂会死。他们从市里给我写信,告诉我先知是什么样的,要我说,他自己一无所知。"

"他并不知道。"

"你说谎!我不能那样写。这样写他们会把我撵走……你给我解释清楚!"

"关于某种信仰?"

"对,没错。"

卡里斯特拉特·叶菲莫维奇俯下身子看着神父的眼睛。神父气喘汗

流,垂下粗长的眉毛,惊恐不安地说:

"你无须不安,我的内心十分脆弱……"

卡里斯特拉特·叶菲莫维奇抬起手,不慌不忙地说道:

"如果……我打你的脸……或者……"

神父伊西多尔咽了下口水,挥着手说道:

"闭嘴……你给我闭嘴!你这个渎犯教规的人!"

如草色一般的绿色大斑点遮住了门,空气中散发着沼泽和松脂的味道。神父低声呵斥道:

"你这个叛徒,犹大!"

## 12

谢苗似乎有些一瘸一拐,他的声音也忽高忽低断断续续的。

"父亲要娶那个城里女人。他要娶她。他说她有孩子了,真是胡扯,那不是他的。去他的吧!"

"嗯?"

"这不合分寸!让人们怎么说,一个圣徒——却和一个荡妇生活在一起。他还要娶她为妻!"

谢苗忐忑不安地看着菲奥克拉,她小麦一般的肤色中还透着一些玫瑰粉色。从澡堂脱衣间中散出灰尘和扫帚的味道。费克拉的眼中透着令人厌恶的纠缠和无耻,但现在她用另一种眼神看着谢苗,突然笑了。

"你怎么了?"

"难道你来浴室就是为了说这些吗?关于一个荡妇?除了浴室没有别的地方可以思考吗?"

费克拉大笑着,摇晃挤压她的大肚子,似乎毫无羞愧之感。她不情愿地从门口走开，从浴室传来一阵闷热气息。

"母牛，你在哞哞叫什么！"

"你说关于她的坏话了，这是惩罚……卡里斯特拉特·叶菲莫维奇为自己的罪责接受惩罚了……"

据说很少有人向他问好，因为他要娶一个婊子为妻。

"他们并不相信。"

费克拉小麦色的身体上还挂着细小的水珠，她丝毫没有羞耻感便走到浴室门前。门外小牛犊欢快地奔驰过去，嘴里紧紧衔着一束干草。费克拉不情愿地挪了挪她粗壮的大腿，走进了那扇矮门。

从浴室传来一阵令人困倦的热意，她大喊道：

"如果他们相信……没关系！他们说——那是应该的！"

但晚上躺在床上，她对谢苗说：

"你得盯着点米特里……那些施舍物他要拿就拿吧，是的，可应该……每天都有人悄悄去仓库看，他喝上酒了。"


卡里斯特拉特·叶菲莫维奇请求神父伊西多尔主持婚礼，他听完说道：

"你这个撒旦，是恶魔！"神父挥着宽厚的手臂，低沉嚷道，"立刻从我的房间出去。既然你有了新的信仰，我不会祝福你的。我要给城里写信，我不要异教徒，我不愿意！"

神父低沉喧杂的嗓音就像一棵将倒下的大树，在这狭窄的房间里久久轰鸣，仿佛两只蜜蜂在绿色蓬乱的头发里乱爬。

风吹拂过乡镇，吹过塔尔巴卡泰斯山，卡里斯特拉特·叶菲莫维奇·斯莫林在塔里察为自己的罪过做着祷告：

"他要和城里那个荡妇结婚。"

一天,卡里斯特拉特·叶菲莫维奇从修道室走出来爬到山上。山崖上的石头和那无名的落叶松如同明晃晃的金色宝石,松鼠在丝般顺滑淡粉色的雪中蹦来蹦去。大地小心又敏感地呼吸着,仿佛聚集了许多远途而来徒步旅行的人。

就像草原鹰在天空中翱翔一般,灵魂涤荡冲击着群山。卡里斯特拉特·叶菲莫维奇叹了口气:

"毕竟鸟儿还可以飞行,飞吧……你飞吧!而我只能坐在这里,分发一些施舍物品……"

一阵风吹过,草地沙沙作响。小石子从斜坡上滚落。卡里斯特拉特·叶菲莫维奇看见一个衣衫褴褛的老妇人蹒跚走来,她略带鼻音地说道:

"卡里斯特拉特·叶菲莫维奇神父……"

卡里斯特拉特·叶菲莫维奇没有认出她是谁,俯身看向她。

"你到我家来,大娘,我们喝点茶聊一聊。"

老妇人嘴唇哆哆嗦嗦,仿佛像跟跄的双腿一般,说道:

"这不行,亲爱的……我没有钱……但我有一个女儿……她叫玛莎……神父……"

卡里斯特拉特·叶菲莫维奇温柔亲切说道:

"要什么钱,大娘?我并不需要钱……"他已经学会了如何同穷苦的人说话。

"你的儿子们……他们要……而我……如果……不,不……神父!"

与这位老妇人告别后,卡里斯特拉特·叶菲莫维奇慢慢走着不知走去哪里。他没注意到他如何走到山里,如何走到悬崖边,走到雪松下。

在悬崖边站着一群塔里察青年,他们眺望着西方并且在轻声说着些什么。而在他们上方是一根松木杆子,上面的红色布条随风飘动。

"你们在干什么?"卡里斯特拉特·叶菲莫维奇问道。

这群年轻人匆忙扯下红色布条,胡乱塞进了口袋里然后怒冲冲地回答道:"那个……嗯……"

卡里斯特拉特·叶菲莫维奇问道:"你们看见谢苗了吗?"

小伙子们并没有看见谢苗。他不可能在那里的,这没有理由。

有这样一种捕猎工具,是由木条制作而成的。它的颈部很窄,但底部很宽,就如同一个瓶子一般。然后在上面盖上未脱粒的燕麦秸秆,把根插到底,穗子捆在一起露出在顶部。鸟落到这个顶端就会掉进去。但它怎么才能飞出来呢?它只能收起翅膀才可以出来,但这样又会再次掉落下来。

在悬崖上卡里斯特拉特·叶菲莫维奇看见了这个工具,他将燕麦拨开,果然在秸秆中有一只受了惊吓、蓝粉相间的鸟。

卡里斯特拉特·叶菲莫维奇放下燕麦秆,直起身子说道:

"嗯?你怎么落到这里来啦?"

## 13

一众吉尔吉斯人来到军官这里。这时勤务兵正在煮着羊肉,并且为了强身壮体他还在马奶酒中添加了酒精。吉尔吉斯人酣饮过后便告诉军官说他们要加入这支骑兵队。

一次,喝醉了的军官和神父伊西多尔去找卡里斯特拉特·叶菲莫维奇。他们站在门口,但因为泥泞而没有进院子。地上的泥足够没过膝盖那么高,散发着刺鼻的味道。阿戈里皮娜从大门走过来。

"你怎么不进去?"军官局促不安地问道。阿戈里皮娜玫瑰色的瞳孔闪烁着怒火。

由于黝黑的土地陪衬，她的身体似乎看起来更加干巴巴的。军官转身离开了。

"鞭笞派教徒！"他说。

从那天起，阿戈里皮娜每天晚上都去军官那里。在一个大教室里军官们躺在毡毯上。

打死的狼皮毛在课桌上晾干，散发出一阵酸味，还混杂着马奶酒和烟草的味道。

阿戈里皮娜喝得酩酊大醉，抱着米洛诺夫的腿唱起了那些士兵唱的粗野的歌。就这样她渐渐睡着了。

米洛诺夫悄悄地从靴子中伸出双腿，然后换上沼地靴，拿起一瓶酒便出门打猎了。

早上，费克拉在骂街，达利雅向她调皮地眨了眨眼，说道：

"真让人嫉妒！"然后从门厅一把抓住阿戈里皮娜，往她怀里塞了一些草料，"喝两杯牛奶吧，她一辈子都没有孩子。别管她啦……"

卡里斯特拉特·叶菲莫维奇没有从修道室出来，也没有说那些赤贫的人的抱怨话，尽管这抱怨多种多样。

宣布招兵入伍同布尔什维克作战但没有小伙子报名参加；谁谁谁被枪决了……还有一些关于起义的言论。

日子就像雪松的松球一般紧实。

猎杀一只鸟，为了迎接冬天的到来。

家畜们都吃饱了萎靡不振，昏昏欲睡。

塔尔巴卡泰斯山的动物们也都吃饱了沉沉欲睡，熊也搬了一些干草放到洞穴中。

在炉火边的床上，眼盲的乌斯金尼娅没日没夜地哭着，她的眼泪就像山上的小河不停地流淌又流淌。

## 14

灰色的巨石块仿佛是一个大木房,散落在山谷的草丛中。从山上看伯莱尔河似乎漆黑无光。山谷中散发着干枯树叶的味道,下面的花楸树鲜红发光映入眼帘。

尼基京和米凯什躺在悬崖边看着山谷。

"塞尔维亚人!"米凯什喉咙发紧低声说道,"他运来了葡萄和葡萄酒……这是个软弱的民族,这可太好了!"

他把步枪拉过来紧紧贴着自己,然后卷了个卷烟。他棕色的双眼向下凹陷,但眼神却十分凌厉地向山谷四周扫视着。

"让我们变得更结实一些。"尼基京断断续续地说着。

士兵的衬衣和军裤紧紧贴着他瘦削的身体,赤着双脚疲倦地躺在干草上。他整个小麦色的身体就像一片被摘下的植物叶子。

"男人——这是另一回事。高尔察克又坏又蠢。只有男人明白!"

"浑蛋,内战!男人是浑蛋!催啊,赶啊,现在到处宣传,射击,射击!"

塞尔维亚人吐了口唾沫。他慢慢将黄花烟卷紧递给尼基京,然后推开步枪站了起来。

"你……你……"他结结巴巴地说,"你想谈谈吗?向每个人的脑门上射击!你,说一说吗?"他猛然起身走开,低声说道:"我并不想谈。"但他又立即返回,坐在泥泞的石头上。"无聊吗?我想进行塞尔维亚革命。这里的人民太软弱了!"

黑暗顺着山谷在伯莱尔河蔓延。浑浊沉重的巨块从草丛中滚出。它们四处散落,挂住了石头,但却没有办法钻进悬崖边的松树上。他们疲惫不堪地呼吸着。

尼基京压着嗓子说:"一切都可以原谅。"

他摸了摸被弄乱的一绺绺胡子,就像是一棵倒下的大树一般。他眯着眼睛微微笑了一下:

"该刮胡子了啊……"

塞尔维亚人把手插进口袋掏出一把烟草,看着他唾着口水:

"斯麦科夫打死了!他给我带烟来的,浑蛋男人!应该扔掉的,我不能扔啊——应该抽掉它!"他气冲冲地卷了个烟卷。

山上充满了草坪和甘露的气味,蜜香味也没有丝毫减弱。蜜蜂在白石上方发出嗡嗡的声音,山里的野兽也尖锐凄楚地叫喊着。

"熊叫啦!"塞尔维亚人说,"你去革命吧,我要去打熊。"

悬崖下的深谷中高草随着风轻轻飘动如海浪一般。沙鸡惊恐地潜入在草中。

"他们来了。"尼基京说道,"是他们。"

草被拨开,四个人骑着马驶向悬崖。他们把马拴在松树边,然后一个接着一个轻轻地踏上小路。

人们的脸上透出疲惫和愧疚的神情,带刺植物的尖刺钩住了他们肥大的马裤和长褂子——尽管如此他们还是快步行进走了很远。他们的鞑靼呢子帽子的帽箍也已经被汗水打湿,闪闪发亮。

一个红头发矮个子的人宛如一匹高山狼,拖着嗓子说道:

"你们好啊!"他伸出手问道,"你是米基京吗?巴维尔曾经说过,他提过的!"

他不安地打量着这些男人,从黄色的眼睛到胡子,然后笑了笑:

"我们来这里……嗯……谈一谈吧,对,和你,和尼基京,也和别人。"

他久久盯着这个塞尔维亚人。男人们都坐在石头上。红头发的人问道：

"您以后要加入布尔什维克党吗？"

"是的！"尼基京干脆地回答道。

"你们三人吗？"

"我们全部。"

男人们交换了一下眼神，彼此的眼中都充满了赞许之色。

"太好了！"

红头发随手掏出一只深红色的烟袋，然后往里面填满了中国烟草。

什留塞尔从一块石头后面走出，礼貌地向人们点头致意一下，然后一直站在那里。

他红色的胡子有些干枯，就像秋天的枯草一样。他靠近红军弯下腰说道：

"给我，你看到了，巴维尔说过了……那已经很久之前了！我们给你们送去了面包是要让你们不要去打别人。然后步枪就射击了。我还真怕了他们了。"

他指着那些男人。男人们摘下帽子，擤了擤鼻涕，然后又将湿了的鬓角抚平。

"他们会没事的，上帝保佑他们的。好吧，尼基京，我的儿子们并不想打仗。"

他突然怀疑地看着什留塞尔，急匆匆地问道：

"这个是从哪来的？"

"从匈牙利。"

"这样啊。那这个呢？"

"塞尔维亚。"

"那你是从哪来的?"

"我从彼得堡来。"

"那就是说你是俄罗斯人。我看这个名字是个基督教徒的名字,你是入了基督教吗?"

"并没有,我只是个俄罗斯人。"

"那太好了!我们都是俄罗斯人。"

他抖了抖烟灰,兴奋地挥了挥烟袋,继续说道:

"小伙子们都被号召去托尔恰克服兵役了,但是他们并不愿意,觉得那是让他们去当炮灰,狗,土地,一切都要夺走。"

"抢走。"男人坚定地声音响起。

"巴维尔说,我们要反抗,举行起义。我说'阿依达,孩子们,我们要把起义的火光烧到切尔尼去,烧到泰加去,我们要把这火光点亮到原始森林中,点亮到平民百姓中去。'他们对我说:'明白,只是如果真来了布尔什维克,他们也不相信,他们会说你们在撒谎,根本没有布尔什维克。'我说:'我再说一次,我们要去夺取鄂木茨克或者其他城市,我们要在那里做什么?'他们对我说:'我们要去抢夺他们的东西——我们这里什么好东西都没有。'好啊,我只是要说:'没有布尔什维克的方针,我们也是死。干吧,据说,布尔什维克都号召起义的。'"

他再一次把烟卷填满。男人们同时说道:

"彼得堡的,是真正的布尔什维克!"

"其他地方来的也是布尔什维克!"

"我们走,孩子们,我们要奋起反抗!"

"你为什么要撒谎?"尼基京断断续续地问道。

红胡子坐立不安转了转他黄色的眼睛。

"关于……什么……"

尼基京站起来，凶狠地把尖刻刺耳的话语刺进男人的耳朵：

"关于起义的事情为什么要撒谎？起义已经两周了。两周前有多少人在山上被枪杀？有多少人被打死？你害怕了吗？"

男人随意地坐在石头上，有些絮絮叨叨地说道：

"尼基京，你啊，不要生气。对天发誓，这可不是什么坏主意。他们都说，你是少爷，你就跟他说，嗯，据说，起义啦，可能，要价会少啦。那既然你知道——这是干吗呀！"

他叹了口气，沮丧地挥了挥手。男人们此刻也呼吸沉重，汗水悄然滑过，留下汗液的味道。

悬崖边的马打了个响鼻，草也在尼基京的脚下被弄得沙沙作响。

那个看起来像是吉尔吉斯人的窄胸男人柔和地说：

"这当然，各人有各人的道。因为怎么也……不应该白白地！依我看，你就同意了吧，米基京，不管怎么说！他们都去了，也就是说，我们小伙子们都在你和那剩下的两个布尔什维克领导下呢，我们还有啥抱怨呢，战斗吧！"

"去战斗吧！"红头发急忙说道："在这里——山地，作战很容易。人们都很年轻开朗。战斗吧，目前他们还没有从俄罗斯过来，你可以去任何你想去的地方。如果你招收了军队，就继续前进，去中国去日本——不论去什么地方他们都是你的同志。"

"战斗吧！"男人们说道，"我们需要你，村庄也需要你。他们夺走了土地……"

"来吧！战斗吧！"

尼基京走向那个男人，说道：

"我同意。我不需要酬劳，但不要到处去说！"

"自然，这是纪律……我们知道……"

细长眼睛的人把马从松树上解开,轻松说道:

"爱发脾气的人啊,真见鬼!我以为,他朝我的脸来一下,热情都过了火,可也是真正的布尔什维克啊!"

"是从彼得堡来的。"红头发确认道,"是真正的布尔什维克……还有从其他一些国家来的。他们瘦得就像树枝一样。"

"他们会吃胖的,没关系。他们也从不知道抱怨,有要求吗?"

"钱数每天都在增长,数不清了。他就要来了,他知道——他会说!"

马儿们都钻进了草丛里。

秋季植物的细枝都紧紧蹭着双腿和身体,发出微弱的嘶嘶声响。深棕色的冬熊就像地衣一样睡在草地的石头上。

晚上,红军穿过了利西亚村。

## 15

费克拉把面包坯放在炉子上。她的眸光暗淡浑浊,宛如一块面团。火烤面团的气味萦绕在鼻孔中,燃着的木炭微微闪着玫瑰色的火光。

谢苗坐在凳子上,目光呆滞地盯着那块宽大的面包。

"他不让!"他愤怒地说着。

菲奥克拉挥了挥沾有面粉的铲子,热烈又慵懒的嗓音说道:

"你在这里发牢骚碍手碍脚的!每天都是那个婆娘!……除了女人他什么都不知道。请原谅我,圣母!请稍微赦免我的罪过吧。"

"坐一会儿吧!"谢苗冷冷说道,"我也是这么……"

"那你倒是赶去啊,你都搅和到哪去了!"菲奥克拉大喊道,"兄弟还总是喝得烂醉。"

谢苗耸了耸肩，懒洋洋地往鞋尖吐了一口口水，没有命中又唾了一口。费克拉把铲子扔在火炉上，愤怒地转向谢苗：

"看在上帝面子上，你走吧！"

谢苗坐到桌子前，手指摸了摸面包。

"一个星期了，一个穷人也没有。但他不同意，他还骂街。我不知道我还能做什么？"

"不知道，我不知道！你还是个男人吗？我应该替你知道吗？"

"娜斯塔西娅一定告诉过他，所以他不听。人家说我们从人们那里暴敛钱财，但又不和她分享。这个婊子就是嫉妒！"

费克拉拍着自己的大腿，忍无可忍地说道：

"行，那就去找她！你没那个能力。第一，她天天就知道喝酒；第二，就是个黄口小儿；第三，她就是个荡妇！"

谢苗捋了一下头发，起身。他一瘸一拐，从高板床上取下帽子。炉火边乌斯金尼娅睡醒了，呜咽问道：

"谢苗啊，如今是什么日子了？"

菲奥克拉在炉子后面大喊道：

"看在基督的面子上躺下吧！龙卷风怎么不来刮走几个人呢！"

老太婆湿润的嘴唇微微颤抖，发涩地抽泣着。谢苗画了个十字出去了。

费克拉把面包放下之后打扫了炉口前的小台子，又用火挡把炉子盖住。她把卷起的袖子放下，走进房间。

一片从花上掉下的黄色叶子落在破布条编成的垫子上。菲奥克拉解开上衣扣子，拿起叶子把它放在了窗台上。

她脱下短衫和裙子，然后从箱子里取出干净的衬衫换上，用毛巾把腋窝和傲然挺立的乳房擦了擦，又将头发梳理平整，不满地说道：

"我这里……永远都是我自己……永远是我自己解决。圣母啊,请原谅我!你降罪吧!"

她紧紧拉着衬衫和长褂子,赤着脚走到外面阴凉地,在赤裸的跳动的火星里,她从院子里带来的清凉拉长了她的身影。粗糙的长褂摩擦着皮肤,身上起了一串串小鸡皮疙瘩。

费克拉把头探出门外,环顾注视着院子。

一只红色羽毛的大公鸡追赶着母鸡,发出咯咯叫声。风将院子内的干草吹得遍地都是。在遮棚下,从角落传来犬吠的声音,大概是小狗逮到了老鼠吧。

并不需要把院子打扫干净!

她系紧那件低胸的长褂子,走向卡里斯特拉特·叶菲莫维奇的小屋。

她屏息凝神,仿佛能听见自己的心跳声音……费克拉轻轻地画了个十字,猛然推开门……

卡里斯特拉特·叶菲莫维奇头朝着门的方向躺在床上。长满汗毛的大手也搭在枕头上,看起来就像三颗长满毛发的脑袋。

"你在那做什么?"他并没有转过身,只是低声问道。

费克拉干咳一声,觉得身上充满寒意,回答道:

"是我,卡里斯特拉特·叶菲莫维奇……"

"怎么了?"

卡里斯特拉特·叶菲莫维奇把手从枕头上抽走,放在身体两侧。

修道室里充满着男人的气息。窗外蓝粉色摇曳。

"你怎么了?"卡里斯特拉特·叶菲莫维奇又问了一遍,把双脚放下转过身来。

费克拉走到卡里斯特拉特·叶菲莫维奇的床前。卡里斯特拉特·叶菲莫维奇看着她涨红的脸颊。费克拉看着他的双手，猛然拉下长褂的绳子。

卡里斯特拉特·叶菲莫维奇一下就看到她那敞开的衬衣和衬衣下那双坚挺的乳房。

激烈的刺激瞬间充满整个喉咙。卡里斯特拉特·叶菲莫维奇咽了一下唾沫，热辣的感觉从唾液一下散发至全身，身体有些发热发紧。

"你干吗？"他轻声说道。

费克拉又往前走了一步，把衬衫从肩膀脱下，透着玫瑰色的皮肤因为冷气冒出一些小丘疹。她的身体十分结实，就像她的胸部一样。空气中散发着女人的气息，有些黏腻。

修道室里热气蔓延，卡里斯特拉特·叶菲莫维奇的头也觉得很热，而喉咙内沾满了唾液。他把手放在脸上，放在膝盖上，膝盖又大又热，而心也温暖宽阔，就像这个女人一样。

血液涌上头，脸上的红晕连成一片，双脚紧紧贴在床上直到出现痛觉，他双手紧握说道："她也许，会离开的。"

血管紧绷着，双手也有些酸痛，心里一阵悲戚。

而费克拉看着他的双腿，她的脸微微有些汗意，嘴唇颤抖低声说道：

"里斯特拉特……叶菲莫维奇……我爱你，难道不是吗？……谢苗他……是个浑蛋！有很久没来找你了，叶菲莫维奇……"

头发把眼睛遮住，她整个人坐在床上。

"哎！"卡里斯特拉特·叶菲梅奇喊道。他从床上弹开，一把抓住她的肩膀，把她带到门边——他没有一丝力气，他没有推开，只是一只手慢慢地向乳房和后背移动，结实而又紧致。

"出去！"

他极其疲倦地说道。

她的身体近在咫尺。他的身体在哀号在乞求。

"叶菲莫维奇……哦……叶菲……"

"不!"

他的手向上扬了一下碰到了她光滑紧致的乳房。

"你走!走!"

门吱的一声,从门厅散发出的寒冷蔓延到他的语言和眼神当中。他迟缓衰弱的身体再次躺回床上,但从脖子到耳朵都漫布着黏腻的汗液。

在大门旁边的房间里,有人挡着门把手——那人是阿戈里皮娜。看不清她的脸,但能闻到一股刺鼻的家酿酒的气味。

费克拉赤裸着身体,手指像冰柱一样又冷又细,她大喊着:

"你跑!被我碰见了吧!你斥责我?我是处女——我能做到!我一直对自己负责。"

寒冷透过隙缝把身体吹干,玫瑰色在缝隙中旋转成灰,空气中阵阵麻纤维和苔藓的味道。她推挤着,仿佛是个盲人。费克拉喊道:"放开,格丽比努什卡,你放开……"

喝醉了的阿戈里皮娜嗓音沙哑,大喊道:

"放开?你这个卑鄙的家伙,你再说一次!我,在你看来就是个婊子,而你——就是有夫之妇?你和你公公有一腿!……我看见了……我全都看见了!"

但突然费克拉用肘尖怼到阿戈里皮娜的肋骨,她急忙躲开。费克拉飞奔回到木屋内,尖声地大哭着:

"他自己,妈妈,是他!他撕下我的衬衫想要玷污我!……这是侮辱,我的天呀!"

她用脚踩着垫子,阿戈里皮娜追上她,到房间里来。她扯下她带格

子的黑色头巾,高举双手,朝费克拉冲过来。她干瘦的颌骨剧烈地抖动着,醉醺醺说着:

"我——卑鄙无耻?……我是正直清白的,我每天向上帝为你们所有人祈祷。你说我是流氓?"

似梦似幻,她的手无力地在空中拍打着,抓住费克拉的头发。她尖叫着,紧紧抓着她的手,一口咬在了她的肩膀上。

费克拉倒在垫子上,双腿疯狂踢腾着,哭号起来:

"啊……啊……"

德米特里来了,站在门口看着打架的女人们,嘶哑地大笑起来。

## 16

黄色的风,带着落叶的气味,沿着山谷吹向上空。漆黑的夜里,又从石蕊一般白的天空落下。

在城里偷的那些装配机床被运到了狐狸村。他们把它们放进了黑暗、污浊的澡堂,仿佛生锈的铁块。钢发出刺耳的声音,有股子焦味。

钳工们来自农村。他们的面颊肌肉柔软,没有被钢铁灼伤。他们走到机床跟前,像走到难以驯服的马面前似的。

炸弹准备好了,农夫们在澡堂四周沉默地等待着。院子里挤满了人,如同身上勒紧的皮带,篱笆发出了嗡嗡的噼啪的声响。灰尘袭来,随后吹向遥远的道路。

尼基京走了出来。金色的阳光落在他尖尖的颧骨上,落在深色的、焦虑的眼睛上。他走到第一台机床旁,拿起炸弹,拧开雷管,数道:"一,二,三!"

结果扔到了澡堂边的荨麻中。荨麻轰隆一声,发出了尖锐的、咝咝的声音。树桩爆炸了,吱吱作响。

他走到第二台机床旁,同样突然地,稍微打着口哨道:"一,二,三!"

又一次扔到了澡堂外。地面更重地嗡嗡作响。

他走到第三台机床旁,一个钳工站在那儿,脸色苍白,下巴湿湿的。尼基京拿炸弹的时候,钳工眯起了眼睛,从额头到下巴瞬间布满了汗,脸都变红了。

炸弹爆炸。

第四台机床。一位有着少女粉红色面庞的瘦弱钳工,开心地笑着,递上炸弹,抓了下铁雷管。手重复着折腾,重复着响起:"一,二,三!"

荨麻一片寂静。从澡堂散发出火药和土的气味。尼基京急忙抓起另一颗炸弹一扔。他们等了一会儿,等待火药味消散——土地厚实,像秋天那般隆起。

尼基京扔的那第三颗炸弹,一无所获。

农夫们响起一片嘈杂声,仿佛遇到狼的牛群。

"欸欸……你……"

尼基京伸出手,拿了支步枪。突然,嘴里打着口哨说道:"站那儿。"

钳工有着少女丰满的唇,悄悄画起了十字,走到澡堂的墙边。

尼基京从眉毛上稍稍抬起大檐帽,瞄准,开枪。

**17**

啊,我的大地啊,大地!阿尔泰的风带着无比的芬芳!饱含蜜的粉尘落在我心上,话语如迁徙的大雁透着思念!

一只灰突突的耷拉着脑袋的小鸡,中午时分从小路上下来到小溪边——喝水,接着又踩着石头回到上面路上,它的小碎步就变得灵活又欢快啦。于是那橙黄色的多动的眼睛因为欣喜而模糊起来。

天空的乌云就像灰鼠的绒毛厚重又温暖。

田 野

他们放米列亨离开四个小时。

"你要是回来迟了——我可不会再让你归队了。"连长在通行证上砰的一声盖了个戳，说道。

给米列亨一个小时就足够了，他对连长说亲戚从农村来了，而事实上他在撒谎。他想要换换环境。在兵营里好像只有昏暗，这昏暗来自于那三月日光，来自于那被扔到场地上的腌臜的烟头，来自于那脏得发灰的墙壁。在黑板上（这里曾经是一所中学），曾有人用白色的黏土在上面写下了脏话，而在一旁的墙上则用面包瓤写下了这样的标语："高尔查克会带来香肠，苏维埃则会带来自由。"当米列亨砰的一声关上了用草席包裹的门，穿过大院子走到广场上，他眼前发黑，心里又暖又开心。

火车站离城里有四俄里，每半个小时就会有一趟班车开往城里，但米列亨一点儿也不想等班车，于是他步行穿过大广场向车站走去。

头顶上方是烈日，而脚下却是严寒。广场上已经化雪了，只有路上的小山丘像肮脏的淡黄色的丝带一样躺在黑色的大地上。在柳树的后面——正西方——是结了冰的额尔齐斯河，河上看得见像碎纸屑一样的"断裂"的道路。

"应该夜晚动身的。"米列亨说。

但仍然还没有听见冰块移动发出的碎裂声。"很快就到了。"米列亨开心地笑了，好像这些冰是属于他的。他一边沿着路边走，一边用湿透了的英式球鞋使劲敲打，终于，脚底下的雪化开了。化雪的声音让他觉得非常满足。棉大衣式的浅绿色的英式军服和小腿肚上淡蓝色的法式裹腿跟带风耳的大兔毛帽子与蓬乱的栗色胡须真是特别不相称。

海鸥扇动着白色的翅膀在柳树的上方飞过。

"很快就到了。"米列亨再一次这么想。

在火车站聚集着许多带着行囊的人们,大多数是女人;还有帽子上带着铁皮五角星的士兵,有三个卖卷烟和瓜子的中国人。屋檐漏水,还经常会有长长的冰柱落下来,伴随着细小的碎裂声。

米列亨在三等车厢的门口站了一会儿,一位腋下夹着黄色公文包的政委从他旁边经过时撞到了他,并小声地说了句"抱歉"。

米列亨不想碍事,离开那儿,坐到了窗台边。铁路职工们拿着信号灯和一些黑色的小盒子从米列亨身旁跑过,火车头用不同的声音鸣笛,车厢里的防撞垫相互碰撞。明媚又和煦的阳光不慌不忙地从上面照射下来,温暖了整个车站,温暖了嘈杂的车厢,温暖了蒸腾着水分的大地。

旁边有一个冰柱断了,米列亨弯下腰将掉落在地上的冰柱捡了起来,这冰柱还是实心的。又掉了第二根,第三根——都是这样。

"要有好收成了,"米列亨想着,"浇灌水分足,粮食就丰收啊。好家伙。"

这时,米列亨想到,雪不是因为阳光而融化的,大部分雪都是夜里在地上融化的,而且很快就都融化了。

"要有好收成了。"米列亨大叫道,说完他又想起了农村。

他想着,院子里的牲口都是杂色和褐色的,设备也都还是好的。去年的收成很不好,而今年就应该有个好收成了,整个三月都非常干燥,如果四月能潮湿些,那就太好了。而现在,在这样一个神圣的时刻——不是擦步枪,就是不知道在哪个库房前站岗。米列亨心里很不是滋味儿,他起身在站台上来来回回地徘徊着,最后决定还是回连队,这时,有人叫住了他：

"科尔沙！"

米列亨回头认出了这人是他们连队的同志，叫费季卡·尼基京。一个月前，费季卡·尼基京染了风寒，住进了医院。米列亨朝他走去，两人握了握手。

"最近过得怎么样？"米列亨问。

"没什么，让我去农村调养两个月，现在正要去呢。"

"你是在哪个县城？"

"鞑靼县。"尼基京很爽快地回答道，"再过个半天，兄弟，我就到家里了，你呢？"米列亨很不情愿地回答："新尼古拉耶夫斯克……得有两天的路程。现在的火车真是糟糕，要是碰上马克西姆那种火车，那得整整一礼拜呢。"

"坐马克西姆是啊，确实。"尼基京重复了一遍，然后笑着说，"走吧，去我那喝杯茶。"

米列亨愿意去喝一杯。两人走着走着，米列亨发现尼基京常会由于虚弱而晃晃悠悠地站不稳，而脸上看起来却又好像很健康。这让米列亨感到有点羡慕。

喝茶的时候，尼基京像所有大病初愈的人一样，食欲非常好，还总是招呼着米列亨。然而，米列亨却并没有在听尼基京所聊的有关医院和医生的种种，他满脑子都在想着自己的村庄。

米列亨同尼基京分开后，走出车厢，下决心乘这班火车回家。走过三节车厢后，米列亨本打算坐火车尾部，但终究还是受不了那股冷，走进了一节车厢，钻进了一个包房里，接着就爬到长椅下面。

在这个包间里有五名士兵，其中一个鼻子中间开裂的士兵问道：

"你去哪？"

"回家。"米列亨回答。

"哦——哦。"士兵说,这时另外一个士兵一边在茶里放糖,一边问道:

"远吗?"

"到新尼古拉耶夫斯克,一站都还没过呢。"

"那很远,带证件了吗?"

"没有。"

"面包也没有吧?"

米列亨非常生气地回答:

"没有,你想干吗?"

"躺着吧。"士兵说,反正总会到的。

就这样一直躺了两天,一次也没起来过,第三个晚上米列亨到戈拉切沃娅站下车了,戈拉切沃娅距离克鲁托伊还有十五俄里,到了早上米列亨就已经在家里了。

米尔佳"啊"地叫了一声,跪在了地上。家里养的鹅吓得窜到了一边,躲在倒了的无座雪橇下面;小麻雀躲在扎进木桩堆里的马头上,就像一年前那样,坐在那儿窝在小翅膀下擦身体。米尔佳朝门外看了看,对着小木屋大叫起来:

"娘,爹回来了。"

妇人摆好茶炊,拿来牛奶,切开白面包,在屋子最里面靠炉子的地方用余光瞅了瞅,问道:"你放假回来能待多久?"

"两月。"米列亨不慌不忙地说,连他自己都相信了这话。

"因为仗打完了你才回来的吗?"

"哪儿打完了?生了病才回来的。"

"得什么病了?"

"鬼知道!问医生去吧。"

"医生当然知道。"玛利娅边哭边说,"把人弄得难受得要命,也不说是怎么搞的。"

"好吧,别四处乱说,"村里人们见到他也问他,"你没报名去罗马尼亚吧?"

米列亨回答:"听说过,咱没长大肚子啊。"

"嘿,瞧你说的。"农夫们惊讶道,"咱鄂木斯克这里听说,所有去罗马尼亚的都得登记,谁要是不乐意,就把他后脑勺的头发给剃了,然后打发到德国人那去,你没听说吗?"

"还没那机会。"米列亨回答。

"把人搅得都发昏了,怕是等不到好事儿了。"

"等不到了。"米列亨又重复了一遍。

农夫们很快也就不再追问了,都去田里耕地去了。春天毫无征兆地就来了,因为下了几场急促的瓢泼大雨,这个四月也变得有些潮湿。

米列亨说话嗓音都变了,为了求吉利,他说:

"谢天谢地!一个晚上车辕边上就长满了草。"

"真惊人啊!"妇人唉声叹气着。

犁强劲又利落地钻进黑土地里。布尔科非常卖力,从夹板套包里也散发出一股强烈又令人幸福的味道。犁头在土里泛着光,布尔科身上潮湿的绒毛都闪着光。米列亨觉得,那些土是自己要站起来啦,它们实在是躺够了。从湖面上飘来芦苇的香气,整个村庄都像活了过来,而那几处还没长出幼芽的地方就像是一些巨大的甲虫。

不知道怎么的,米列亨竟忘了他的步枪还放在鄂木斯克,放在第二排,忘了他根本不是科里亚舅舅,而是尼古拉·米列亨,是一名红军的士兵。

公鸡从鸡舍里的栖木上爬下来已经很晚了。夜里,妇人偎靠在米列亨的身边小声笑着说:

"要丰收了。"

"那就好。"米列亨在睡梦中迷迷糊糊地回答着,他的心儿也跟着微微地揪了一下。他把老妇人紧紧地搂住便又入睡了。

等到稠李开花了,就可以开始播种了。早晨,微风从北方袭来,这样,种子就被吹到了西边,落在地上休眠;快到下午的时候,这阵风使得播种变得更加容易了些。太阳悬挂在温暖的红色光圈里,望着一颗颗饱满的黄色的种子均匀又笨重地播撒在田野上。

米列亨来到田野上,看见了绿油油的茂密的耕田。从他所在的那块空地看过去,前方的耕地就像一张巨大的绿色桌布。而耕地的边上——黝黑一片——是被阳光照射得有些发黑的小树林,看起来就像是装红茶的杯子。

"你见到了。"米列亨心满意足地对自己说,但突然想起来家里的牲口还没喂呢,便又回家去了。

在门后他看见了谢恩卡:

"爹,那儿有卫兵。"

"哪儿?"

"在里屋,他的帽子好大,我好害怕啊。"

"又不咬人。"米列亨一边往台阶那里走一边说。

民兵把米列亨带到了州里,又从州里带到了县里的军事委员会。在县里他又被送到了省里,最后,省里的军事法官做出了这样的判决:因在与社会主义国家的敌人激烈斗争时期擅自离开红军,将其动产及不动产的二分之一全部充公。

# 图伯科亚沙漠

# 1

这是多有韧性的草啊!别说马啦,石头也不能把它压倒磨烂。这里布满了一柱柱被风侵蚀过的山岩,它们像马的牙齿,正有气无力地嚼弄着图伯科亚荒漠上的干草。就在这一切的上方——天空,如同图伯科亚沙漠一般的泛黄的天空一直绵延到冰川那里。那上面的星星仿佛风干的牛粪暗淡无光。

即使这样,也没人知道在这暗黄色的,仿佛烂稻草般的凄凉的天空算不算黄色的,也不知道上面到底有没有星星。宣传员、电影放映员、能说会道的叶甫多吉姆·彼得罗维奇·格鲁什科夫还是穿过强韧的草,趟过秋明这个来历不明的黄沙地,跋涉过乌拉尔其他的草地,终于来到了奥梅辛的游击队。说真的,他说的话更使人惊奇,能抵得上五十份报纸的宣传力度。他的脸十分白净,似少女一般。无论骄阳似火,还是幽暗的修道院都奈何不了他。他总是不紧不慢,连发呆都很少,总是以自己说的活可以鼓舞人心而感到骄傲。

他赶的三只驴是自己的财产。他的代号是"指挥官",这就意味着格鲁什科夫"十分完美"。剩下的就是他用来放电影的"科克"牌机器了。

格鲁什科夫的脚满是皲裂的口子。裤子破口的地方紧紧地粘着焦黄成痂的土块,可他并不想把土块弄下来。

他挺直身子站在奥梅辛同志面前,脸上细腻白皙,好像冰川一样。

"我的作用就是用放映电影这种特殊的方法宣传发生过的事件及示

威游行，或者就放爱情剧。这机器叫'科克'，用俄语说叫'胜利'"。

"胜利?"奥梅辛问。他看着图伯科亚的群山，看着冰川把天空割开，看着白卫军毫无痕迹的离开的地方。

"对，不要怀疑，就是胜利。"格鲁什科夫回答道。他的嘴唇显得比脸色更白。

"哎，"奥梅辛说道，"如果资产阶级的文化有价值有意义的话，我们是不会反对的。你说说……"

奥梅辛的部队在蒙古的沙漠穿梭已经有一年多，马儿这么长时间只能吃荒漠上的干草。很多事奥梅辛同志都要忘记了。

说着，他走了几步，站住看了看三头浑身是汗的驴子和那些绕着它们飞的肥腻的牛虻，又看了看格鲁什科夫，看见他正把机器上的羊毛毡子摆弄好。

"这放的是什么？关于爱情的?"

"我猜，它多半也是关于爱情的，这位同志。"

"白扯，应该放关于死亡的。"

"我们引入相应的一部分。"

一些闪闪发光的冰川面对着酷暑，而另一部分则划开天空矗立着。这就是图伯科亚山脉的高度与声响。奥梅辛走出去回到自己的帐篷，"难道，我们能引入吗！"


## 2

录像正播放到中间部分，当音质稳定的"雄峰"牌音箱播放到有人向身着曳地长裙的女士求爱时，他的情敌——一个腐烂的秃头小人——正在幕后窃听，此时格鲁什科夫已经凭记忆做好了充分的准备。他那震惊四座的演讲已经做过十几次了，诸如"旧世界让它崩溃，让它见鬼去吧——乌法鞑靼人会来支援部队——他们正从四面八方来加入我们的部队"。

屏幕暗了，游击队员高喊，"万岁！"哥萨克鲁马克沙用刀割断了母马的喉咙。卡赞①给客人洗好了，仿佛打算用来熬制灵丹妙药。按照草原的习俗，奥梅辛第一个拿起一块锅里煮过的马肉肠，递给了队伍的指挥员马克西姆·谢梅诺维奇·巴列伊卡。

巴列伊卡快速地把肉吞下去，然后说：

"我服从您的直接指挥。"

"祝您好胃口，"奥梅辛挪动了一下盘子回答道，"今晚这个影片我要指出，按照人类合理的观点——爱情引起了人类对自己的怜惜之情。"

"为啥呢？生活是不会妨碍爱情的，尤其是成长。没有了成长，生活还能算得上是生活吗？按我说，我只会有一个女人。为了你能理解，给你讲个故事吧……"

"我不同意。"奥梅辛反驳道。

他本还想问问巴列伊卡资产阶级起源的事，但空气变得稀薄，好像被蒸干一样，忽然传来司号兵的吹号声。

骑兵纷纷翻身上马。

抹了母马脖子的哥萨克鲁马克沙带着两个吉尔吉斯人。因为害怕他们像俄罗斯式骑马那样坐得笔直，手抓着马鞍，说白军从冰川那头绕过了奥梅辛的队伍往前走了，沿途抢掠了吉尔吉斯人的牲畜还有比亚河沿岸，军官们正打算杀掉那些贫农。

"我们是'扎达克'，放了我们吧，我们走自己的路！"他们说。

---

① 鞑靼语，带耳大锅。——译注

"'扎达克'就是贫农,如果停在游行示威这个画面,一定要把它标记出来,还得用上。"格鲁什科夫给自己翻译了一下。

在这里的日子就像这里的风一样枯燥,可这里枯燥无味的生活甚至比风还要干巴巴。卷着黄沙的风倒是能结束这样的忧愁。

早上有三个游击队员去收集干粪做燃料,可是却没能回来。

在卡伊卡山谷备用的牲畜群旁有一个看守人、一个空荡荡的货亭、在梭梭草边晃悠着的三只小驴,还有正无聊得躺在石头上的格鲁什科夫。在他身旁是缠绕着的带子。

看守人讲着牧师的妻子和工人的故事。好像永远无法排遣的对女人身体的忧愁话题一个个从他们嘴里冒出来,格鲁什科夫被人们的问题吵醒了:"难道真的有长得跟影片上一样的女人吗?应该考虑考虑,把这样的女人都杀光,不杀光——我们就去做。倒是你,狗杂种,为啥我们遭罪的时候,你却支支吾吾,啊?"

格鲁什科夫清醒过来,穿着自己的脏衣服他觉得又箍又热。他抚摸了一下自己晒热的汗津津的肚子,寻思了一下,难道真的要在荒漠里放映这种大腿吗?于是他用对他来说很不寻常的骂人话补充了一句,"我得把他们提到的那段片子切了,让它滚蛋!"

已经这个时候了,在一条黑暗的小路上马蹄子突然蹿到一边。

燃烧着暗红色的松脂火把照着奥梅辛坑坑洼洼的下巴,照亮了马蹄子上的血迹,也照在人的胸膛上,一个断了的红星形状。马蹄子陷到一个人的前胸上,碰到了马的额鬃上。

这是早上去捡干粪失踪的三个游击队员里的一个。

巴列伊卡整理着手枪上的皮带,小声对奥梅辛说:"给你个忠告,扔下尸体,俘虏也不要管了。"

从一个马鬃到另一个马鬃,从一个高帽子到另一个高帽子,飞快传递着一种不清楚的杂乱声,仿佛在推子弹。

"这就对了。"队伍后面有人嘟哝了一句,回头打量着拥挤的暗处,低声地说,"本来就该这样,俘虏不会带了。"

众所周知,在达洽村旁的战役中杀死了卡纳什维利上校和七十三个阿塔曼,还俘虏了卡纳什维利兄弟。

山区小河当然也无法带走那些俘虏。河水因为流进了大量的血已经变浑了,可烟雾又像往常一样环绕在山间。

"处决他们。"巴列伊卡看也没看那群俘虏一眼。他摸索了半天也没找到火柴,烟就这么整夜地夹在手指缝里。当然,烟卷夹在手里比吞云吐雾还要愉快。"这位同志……"奥梅辛把烟给他点着。奥梅辛甚至还弯着腰,这股勤劲儿使巴列伊卡感到惊讶。"谢谢您,奥梅辛同志。"奥梅辛手里拿着松明儿又点着了一根烟,开始和巴列伊卡交谈,"但是,同志,因为她是女人,而不是兄弟。"巴列伊卡又开始摸火柴。

"我提议,我们应该半个小时之后再处决,我亲自去审审她,出来的不是兄弟,是他老婆吗?"巴列伊卡不知怎么又问奥梅辛。奥梅辛摇了摇头,而巴列伊卡点了点头。

"嗯……女人也要枪毙吗?"

"行。"巴列伊卡肯定地说,正说着感觉他的烟卷点着了。

黎明来临了。星期五。鞑靼人擅长熟练地宰马,手法那么自信,好像这个闪光点给自己创造了幸福似的。图伯科亚的冰川仍旧矗立在那里,勇敢地闪烁着光芒。

## 3

"审问了。为什么要把她关押在这么'坚不可摧的'房子里:房子都快要塌了，房顶要压下来，估计她都不会出来。他们也在修建房子：要弄得像锅一样坚固。他清楚自己的事业。"

巴列伊卡总是喜欢说起那次伟大的战争。他讲过，占领利沃夫时有一位黑发的马扎尔（匈牙利）姑娘因为他勇敢爱上他啦，而他也是同样多么渴望娶她。但最终这场婚姻还是没成：部队离开了利沃夫，于是姑娘送了一打丝绸的手帕给他做纪念，丝绸是那种令人惊艳的蓝色。

他会在想她的时候抽一条出来，在鼻子下面深深地闻一下，就好像是闻他的戒指。

这里就这样。——他伸出一根手指掏丝巾，那个宝石就塞满了军裤。

"审问了吗，马克西姆·谢苗诺维奇？"

巴列伊卡拿起他的手帕。这五个鞑靼人，懒得连腿都不愿意动一下，就会站在奥梅辛后面等着。

"审问我倒是问过了。但事先提醒你们，阿列克谢·彼得罗维奇。上面说了，这个格鲁吉亚女人不是谁的老婆，而是卡纳什维尔里的姐姐。顺便提一下，叫艾莲娜。她已经同意给我们提供关于山里那伙土匪的详细状况了，指出可以绕行的小路，还告知了土匪和城市之间的一切关系。"

根据巴列伊卡最后说出的这句话，奥梅辛明白了——巴列伊卡在撒谎。他的脸开始从下巴涨红到耳朵，又红到了脖颈，就好像他食言了似的。

"我同意延期执行枪决。我亲自去审问她，巴列伊卡同志。"

"非常好。我很高兴。您作为坚定的政治领导……为了研究草原而长期逗留在草原上，你在城里已经没有什么联系人了吧，如果你去押送……"

联系嘛——红旗，而且还是久经考验的。巴列伊卡这怪胎，你那欢快的蓝色灵魂啊。

奥梅辛走到破得似乎随时都会坍塌的土房子前。几个游击队员打量着房子墙上被打出来的大洞。"见鬼，瞧啊，头被砍下来了！给他缝上。"

"你头破了，怀里有小孩。瞧瞧，浑身都弄红了，还在流血。不应该是他……"

一个瘦削的贫穷农民正想从那两个强壮的鞑靼人中间挤过去，但一切都是徒劳，他极其无力，苍白，就像他身上那件磨损严重的旧外套。外套的两肩完全松垮了，腰上紧紧扎着的腰带两边都翻了卷边儿，两个胳膊使劲地推旁边站着的两个鞑靼人。

"我真的就一点事儿，兄弟，就让我看一眼吧。"这个虚弱的年轻人央求道，"就让我看看吧……"

另一个清瘦灵活的穿短外套的小伙子，外面罩着考究的长衫，光着脚设法从那两个异常肥胖的肉墙中间溜过去，他完全是在男人的胳膊肘下面找到了一个空隙。长衫男子的双脚突然被无情地踩在了鞑靼人笨重的靴子下。他突然尖叫了起来：

"哎呀，这怎么是女人……"所有人都穿着制服或军装……他们聚在一起开始笑：

"难道还有穿的？真浑蛋，已经是第三天了。其他人难道就没长眼睛，给我们的这个俄罗斯娘们儿，这个算什么……"

"她是波兰的。"

"她丈夫，听人说，还是将军。他失踪了，找不到了。"

"呵，她丈夫是什么？他甚至都不在军队，她就像个指挥的。这见鬼的娘们——穿裤子，带着刀，但脸上却化着妆……"

有一群人推挤着走过来想从钻出来的洞里看一看这女囚徒，摩肩接踵地，一个抓着一个的胳膊。有一个人身上穿着的被子弹穿透的旧外套，啪的一声裂了，后襟一下子垂到了地上。他看都没看就向一个脑袋挥了一拳，军帽被打得扣在了眼睛上。他大发雷霆，就开始痛打挤进来的人。灰色的外套们都挤在一起谁也分不清谁，嘴上粗野地骂着，把干草扬得到处都是。

奥梅辛非常不满地注视着这群士兵，手里握着纳甘枪，慢慢地向他们移动过去。

"躲开，别烦我们，苍蝇！趴着干什么？卫兵队在哪？去，给他们说，走远点。"男人猛地蹿到一边去了，汗水都甩到奥梅辛身上了。

"全都是破衣服。"后面的人嘶哑地喘着气说道。

奥梅辛绕过一个游击队员，想在墙上找适合自己身高的洞，但是他没找到能匹配身高的洞口，他四处打量起来。

——你往哪儿看呢？

——兄弟，你再低一点，再低一点。

奥梅辛很不满意地揉皱了头上的帽子，想绕到洞前看的不止他一个。他瞥了一眼，一开始什么也没见：天花板那里的狭窄玻璃只能透过一点点光亮。房子里面空荡荡的，传出来一股恶心的味道。

两块脏兮兮的松木床板，还不如说是条又长又窄的板凳，那个凳子上面，现在可是能看清了，在那上面坐着一个穿着白色切尔克斯卡袍的女人。两个扎得紧紧的辫子分别搭在肩膀两侧，辫子似乎透出绿莹莹的颜色。但是看不见脸——她离开窗户的光坐着。她的膝盖上放着一个白色的毛皮高帽，一个小小的圆镜子陷在柔软的粗羊羔皮毛里。旁边的木架上是一个圆形的扁平的天蓝色的小盒子，女人手里拿着一个粉扑，她在镜前不时地转着头用粉扑在脸上扑着。但奥梅辛一直没看见她的脸，脸的一大半总是被挡着。他踮着脚非常费劲地往里看，从破旧的土砖墙那边传出一阵干裂的破碎声。女人快速收拢了穿着黑靴子的双脚，四下张望。潮湿的令人作呕的气味更重了，她满含仇恨的灰色的眼睛在墙上瞟来瞟去，眉毛完全和眼睛皱在一起，要不就是睫毛都快和眉毛挨在一起了。

"畜生……"与其说是她在吭声，不如说是从牙缝里挤出来的。

她脸色暗淡，有点晒黑了，没什么活力，有点神秘感，不是那种外向的。眼睛像常年骑马的人那样，转来转去。

奥梅辛转向墙角，哆嗦了一下，好像有一只小虫子在他的胸膛里快速一闪而过。巴列伊卡的手友好却又坚定地拍在了他的肩膀上。巴列伊卡的手套又破又脏，简直就像是个冒热气的扫帚。

"问了吗？"

"打算去。"奥梅辛回答说。

"可以这样，把信带给她。说不定会带来什么令人惊讶的信息。你发现没，阿列克谢·彼得罗维奇？"

奥梅辛弯着自己的身子快速地问：

"巴列伊卡同志，您似乎不需要再担心她了……就在她的长凳上，甚至连粉扑盒都没动。还有……我是要审问她的，和她没什么谈的。我是要审问她的……"奥梅幸又重复了一遍。

他们说话的声音低低地，嘴唇紧闭，呼吸短促，但女囚的耳朵却是灵敏的。她整个身体都使劲地贴在墙上。这么热，周身都被火焰包围了似的。灰突突的粗劣的墙壁接受着吸收着她的燥热……她的身体一定是温暖的，非常温暖。毫不意外，如果碰到她的身体所传递的温暖，而这温暖又已经传递到了那个靠近站着的男人的脸上，其中一个已经突然面颊绯红，接着就连耳朵也通红。

"我一点也不同情您,虽然作为军队的领导所有有关她的情报原则上我必须第一时间知道……"巴列伊卡突然严厉起来,像军人一样转身,沉默地敬了个礼,然后沿着营地走了。

奥梅辛在他身后喊了一下。

"等等,马克西姆!应该弄清楚怀疑什么。您相信我吗……"他边走边嘟嘟囔囔地说,膝盖踢着长大衣的下摆。

"去树林里谈谈。"巴列伊卡路过他的时候说。

"去森林里?"

"去森林里。这儿不合适。"

## 4

奥梅辛把外套扔在梭梭木上。一只蓝色的小鸟飞落在那个灌木上。

"真是个下葬的好地方。"他想。巴列伊卡,远远地走在前面,他没像士兵们那样大幅度地甩着胳膊。……他打定主意要去的不是梭梭木林,而是去山里。或许不去山里,去卡季悬崖,到那儿至少五俄里。像被猎狗追赶——人们这么称呼五俄里……山谷里篝火在冒着烟。游击队的马如踩踏枯枝一样践踏着草地。群山像一座座帐篷,那里面沉睡着死亡。一色的冰川划破了昏黄的天空,冰川以自己的寒冷嘲笑着沙漠。去山那儿,他去那儿做什么?……兄弟,不要再靠近那里了,会陷入烦恼。

我们大家没有走到。第二年夏天,圣彼得堡没有山,海在平滑的人工凿出来的岩壁外面。荒原上的风依然刮着那儿的一切,卷走我们的土壤,吹干我们的嘴唇。我家乡列比亚日耶的小鸟,是那种会从石头下面出来奔向干净的水流的嫩黄色的雏鸟。我从没见过它们。这些都是我在书里看到的。圣彼得堡的道路平坦而笔直,但我还是没能摆脱自己的烦恼。

巴列伊卡筋疲力尽地扑倒在地上。身体在突然靠近地面的时候,梭梭树上尖锐的针叶扎进了单薄的呢大衣里,划到了他的身体。雨是温暖的——小矮个不满意地想着。奥梅辛在他旁边艰难地喘着气。他的嘴唇硬硬的,好像沙砾,就像奥梅辛这辈子吃过的最坚硬的干面包。

"您,马克西姆,我看,事实上……"——他本想说,就像以前谈话一样,他放弃了,然后坐在地上,看向右边的人。

"经常是。"他说道。

然后旁边的灌木丛就安静下来了,在离树丛大约四俄尺的地方突然跑出一只浅蓝色的小老鼠。她叫尤赫塔奇,也就是贪婪的意思。它那有点弯的鼻子,显示出它的狡猾和傲慢。

巴列伊卡微微抬起点胳膊肘,悄无声息地拔出枪。他张开了嘴,他的一颗牙特别长,似乎压倒了其他牙。最重要的是,他的牙最黄。他满头是汗地转向了奥梅幸,说道:

"快开枪!"

奥梅辛想往后退,但巴列伊卡一直盯着小老鼠。所以奥梅辛小声说:

"上帝保佑你啊!马克西姆·谢苗诺维奇,我为什么要对你开枪?"

"不是对我,是对老鼠。无论是谁都会这么做,这是它的下场。快开枪,看在上帝的分上。"

"你疯了!我从没用手枪射击过老鼠。"

"快开枪!我数到二。谁打死的归谁所有。我们就是两种不同的思维体系。快开枪,告诉你。"

老鼠警觉了,把尾巴竖起来了,它吸了口气准备逃走……突然,奥梅辛不由自主地低声说：

——你数吧！

## 5

女人躺在长凳上，帽子垫在头下。当巴列伊卡跳上取暖车厢，急匆匆地插上身后的门时，她双手抓着木凳边缘赶快坐了起来：

"您要干什么？我可喊人了。"

巴列伊卡没有回答她，而是划了一根火柴，点着了蜡烛头，环顾四周，想找一个能摆放蜡烛的地方。她微微眯缝起眼睛，似乎留条缝准备逃跑一样，迅速地弯起胳膊说："站住。"

她小心翼翼地从上衣口袋里掏出一个镜子，从一侧裤兜里掏出了粉盒，打开天蓝色的粉盒，一动不动地照镜子开始擦粉，看都没看巴列伊卡一眼。

当鼻子变得比脸还白，她又涂了唇膏，略微地苦笑了一下，"好了。"女人说。

她收起香粉和唇膏，看了巴列伊卡一眼，手里拿着镜子，伸直身子，把镜子拿到面前，用手推了一下巴列伊卡的胸膛。

"离我远点。"

巴列伊卡完全没让她的手碰到肩膀，后退了几步，镜子中折射出了烛光，他想将它吹灭，但嘴唇干涸了。

她再次坐下，把镜子放在膝盖上。

"您怎么又像上次那样不说话，您到底要我做什么，我知道您早上将要把我送到何处，我不会说什么，我什么都不知道。"

她沉思了一会儿，就好像有水蜘蛛掠过她的脸颊一样，这蜘蛛还有个可笑的名字——姆佳。

"我想死后留下……"

"给我吗?"

"不,完全不是给您,我认为我的辫子能派上用处,我喜欢我的辫子,让它们保留下来吧。"

她把两条辫子拿到胸前,手拨着毛茸茸的发端。

"真滑头。"巴列伊卡愤恨地想着,感觉到鼻子里正挤出感动的潮意。他低声说:"您想问些什么更严肃的问题吗,或者,您有别的事吗?"

"真可笑!这非常严肃……"

"难道您就不指望我给你提供一些容易的帮忙吗?我们万一在某地还能凑在一起呢。"

"帮助……呸,况且,还要明白,谁服役,根本就是与一些粗野的人在一块,就会失去他的高贵。我不会效劳于那些失去自尊的人,走吧,我不再需要您了,多谢您给我带来的烛头,请允许我在明天来临之前梳梳头,否则就来不及了,请让这烛头多燃一会儿。"

女人安静地,如她所说,用习惯的手势开始把头发散开。

巴列伊卡径直把蜡烛放到地面,他庞大笨拙的身影被投射在墙面和天花板上,天花板上头的影子变成了一块木头,他坐到女人身旁,没等她反应过来,就握住了她的双手。

"帮忙?是啊?呸!多卑鄙的行为,只要想想,……你走吧,你还碰过我,你的手脏脏的,你看看,指甲都折断了,秃秃黄黄的,就像烟蒂一样。"

她厌恶地在衣服上擦了擦自己那双肿胀的手,突然,镜子从膝盖滑到地上,摔成了两半。

女人惊恐地看了看碎片，捡起来，仿佛不敢相信自己的眼睛，哭了起来，跺着脚，尖声地大喊："您只会带来不幸，痛苦和损失，我恨你，我恨你！滚开！我知道明天你会枪杀我，我就知道，难怪镜子会碎！"

她跑回床上，蜷缩起腿，把头埋到毛皮帽里，号啕大哭。辫子垂落下来，蹭着地面，散开了。

"瞧，见鬼了。"巴列伊卡安静地说，他的喉咙干得像塞住了牛皮纸似的。"瞧，镜子都感到惋惜，尽管这是迷信。"

他稍稍沉默了，他的手摸到了兜里的手帕，匈牙利手帕是最后一条了，侧面都磨起毛了，巴列伊卡再也没有类似的手帕了，这样美好的爱情也不会再有，一切都毁了。

"我把它留给你。"女人沉默不语。

"我一直把它放在身边，这是未婚妻送我的，现在她当然已经死了。我对您没有感情，如果感受到了什么，那就开诚布公地说出来。我认为，您会活得长一些，考虑到某些原因，死刑被推迟了。"

"我尽管穿着靴子，但没有包脚布，请拿走这手帕。"

巴列伊卡径直走到长椅旁，把手帕整齐地叠好，砰的一声紧紧关上门，严厉地对两个值班的鞑靼人说："看看你们两个，畜生。"鞑靼人只是啐了一口："明白。"

他拿起步枪又啐了一口：

"都明白。"

看到进来的人，奥梅辛从床上起来：

"怎么样？"

"没什么事。"

"他们说了吗？"

巴列伊卡浓密的眉毛高高地扬起，哈哈大笑起来。

"您真幸运,巴列伊卡同志,可以搞女人,真幸运,要知道就像射击一样,我没有您那样幸运,射中了只老鼠,她还是自愿的。"

"当然。"

"浑蛋女人,杀死了兄弟,害惨了他们,这已经是第四天了。立马娶亲吧,为了她,我们还得张罗一大堆操心事。"

"这没什么操心的,我们就派到指定地点。"

"那您呢?巴列伊卡同志。"

"继续玩乐。"

"嗯,不知是好是坏,在女人的问题上你就是走运,巴列伊卡同志。"

"是啊,走运。"巴列伊卡叹了口气。

沙地一晚上都不会结冰,就像心一样。沙子铺散在整个沙漠里,就像血液充斥着身体。谁又能保护好梭梭树免受狂风摧残呢?只有沙子像一窝蜂似的围绕着梭梭树。

## 6

木床比马鞍还要硬,铺在床上的军大衣里有让人不能容忍的凸起的接缝,不是缝接,而是粗绳子。缝隙有绳子那么粗,或许明天,红色的压痕,粗糙的缝隙印记就会遍布全身。他躺在棉军服上睡觉,用自己身体最柔软的地方挨着裁缝缝制的大衣入睡。瞧瞧,这个裁缝开始辗转反侧,唉声叹气,躁动不安,并不是因为这些缝隙。奥梅辛动来动去,嘟嘟囔囔地说:"缝隙……这终究不会影响到裁缝对缝制整齐这份责任心的追求,需要通知一下,但……"

"你就这样活着吧,像虱子坐在锅里一样,没什么可叮咬的,过这样的生活。"

"政治委员在隔壁睡得正香，打着呼噜，像头猪一样。"

奥梅辛仔细听了听：

"完全没有呼吸，这就是说，他是满足的。"

"嗯，他听我的！"

他掏出马合烟荷包，抽完了个烟斗，他用军大衣把自己连头带脚都蒙起来，又躺了下去，气闷得很啊——活像睡在窄小的板铺上。一队巡逻的士兵从他身旁疾驰而去，他不禁想到，自己这几年一直过着金戈铁马的日子，倒也不难过，可就是……他突然间想起了欧百里香①的气味，禁不住念叨起一堆咒语。可这里就只有巡逻的队伍，最好想一想耕地吧，那炎热的春季早晨的耕地。耕地……间歇……欲望……乳酪……欲望……

他百无聊赖地读着外语词典，但里面都是俄语，之所以印成外语词典，是为了让它更加畅销，非常可笑。

这完全是一个圆柱形甜面包的夜，闻起来好像复活节一样，月亮和山丘，这里的月亮和复活节时一样。

他把大衣扔到一边，纽扣打到墙上，奥梅辛掏出已备好的靴子。

"我去看一看警卫。"

他小心翼翼尽量不发出响动，开始抻直靴筒。

但这里他清楚地听到了女人的尖叫，几声嘶喊，接着是枪响。可怕的是，在山里没有回音，仿佛在梦中一样，因为只有在梦里才听不到回响。

奥梅辛被门槛绊了一跤。

---

① 欧百里香，半灌木，原产于南欧，可作美食香料，欧洲传统认为百里香象征勇气。——译注

土房旁边的灯闪烁着，游击队员用拴着的小方石敲击他的窗户，那里能听到从未听过的大雁的鸣叫，在营地后面的灌木丛有狗的吠叫。

"安静，嘿！"

穿着长外衣的游击队员抓住了他的手，戏谑地指着三个鞑靼人给他看，在他耳旁大声喊叫，似乎击毙在持续……

"你看看他们，看看这些人的嘴脸。"

"什么？"

在土房的一角，有个女人一手拿着刀，一手拿着毛帽，她在哭。她或许看到自己哭丧的脸很沮丧，因此，她大声尖叫起来："恶魔，刽子手！今天政委就会到，他们已经集合了，别受煎熬了，杀了我吧。现在！立刻！败类！"

奥梅辛解下了手枪枪套，瞥了一眼驼背的鞑靼人和其中一个哨兵。

"怎么样？"

鞑靼人垂手立正，他的脸忽然间冒出汗珠，眼皮不知怎么肿了起来，他环顾了一下其余的人。

"没有女人，忍受了四个月，就像乌法离开一样，没有女人，反正明天就要枪毙了，委员盘问过了，我们只要稍稍施压，他就……"

鞑靼人可怜地指着稀薄的胡子，上面滴着血迹。

"他用刀子捅我，为什么妇人没了？！"穿长衫的男人突然尖叫说。

"这个丑八怪，兄弟，看看，这副丑陋的嘴脸，他需要女人，忍受这个娼妇，就这样忍着吧，就像革命要忍耐你一样，啊？"

他极度兴奋地用枪打了一下自己的靴子。

"把她锁起来。"奥梅辛愤怒地说，"把她牢牢地锁住，你是卡累利阿人。"他指着女士的长衫说。

他拔出军刀站着不动，在黑暗中只笑着露出牙来，并且非常清晰，奥梅辛，鞑靼人和巴列伊卡离土房有十俄丈远。灯放在暖暖的，冒着水汽的石头上，腐烂的风吹动大衣，轻轻拍打着地面。

"因为……"奥梅辛说，看了眼石头。

蜡烛烧得过了头，却并没有个傻瓜去剪下烛花，因此，奥梅辛更感到气愤难平。

"因为我们引以为傲的游击队的领导姑息放纵，没有立刻将她杀掉，她的存在为我们队伍打上耻辱的烙印。我认为毫不拖延地执行革命裁决是必不可少的。为了避免那些无秩序外出的凭证问题，哨兵加捷因，阿利姆·卡申，卡金亚·盖泽姆巴耶夫将被判处更严厉的刑罚，但考虑到他们是无意犯罪，在执行看守女公民的任务前，惩戒暂且延缓执行，以此弥补他们的过错。也就是说，见鬼去吧，明白吗？有异议吗？有什么异议吗？"

"没有。"巴列伊卡回答。所有人看着石头，奥梅辛对鞑靼人们说："判处死刑，在这个地方，无论如何要带警卫队来，明白吗？"

鞑靼人突然抓住两手，后退几步。

"嗯？"

"是，明白了，列克斯。"

有点拱肩缩背的鞑靼人腰弯得很低，几乎低到地面。

"哎……"

巴列伊卡说："斗胆向阁下报告，他们不明白，也许，需要再对他们解释清楚一点？"

"如果不是想求情的话，就没什么好解释的。明白吧。"

# 7

早晨发现了从土坯房去往大山的足迹。四匹马疾驰而过，巴列伊卡骑在最敏捷的深褐色的小走马上，一个人骑着马从三匹马旁边飞驰而过，马上的人看来似乎是艾莲娜·卡娜什维丽。

奥梅辛今天早上特别抑郁，每个人在生活中应该都遇到过这样的事儿，就像河中的流水一样。

他拖着自己干巴巴的穿毡鞋的大脚，坐在马鞍上，气愤地看着巴列伊卡是怎样在马群中挑马的。

"你在那儿干啥呢？"他冲巴列伊卡喊，"不咋样，看着好像和女人睡一宿就要开溜似的，不咋地啊，看来，靠着别人养活。"

巴列伊卡边喊边用套马杆抽打马儿们，马儿们四处乱窜，从帐篷后面传来了马蹄声，巴列伊卡骑着没有马鞍的马出来了。

"头儿，没安马鞍你就想骑？又不是马蝇呢。给他马鞍！"鞑靼人把他架了起来。

"我把我自己的马鞍送给你，希望你能有所作为。"奥梅辛说，"但是马我不会送你，你错失机会了。"

还有六名骑士紧随其后。

巴列伊卡一个人在前面飞奔，慌不择路，扎入了灌木丛中，满是石头和水坑。他拉扯着缰绳，缰绳本来应该是挂在挂架上的，不知怎么却缠到了一起。他甚至尝试着甩掉这些莫名其妙的人，也就是那些骑士。

他似乎摆脱了追赶，逃到了隐蔽的地方，并且似乎离奥梅辛很远了。

但是在艾奥里山旁陡峭的山路上，奥梅辛还是追上了他。巴列伊卡

掉转马,马蹄跺着,他喊道:

"他们,阿列克谢·彼得罗维奇,他们会打死我们的,就像打蟑螂一样。他们有四个人。"

奥梅辛是那样信心十足地骑在马鞍上,就像在拿着一本书,拿着一本他异常藐视的外文词典一样。他的腿紧紧地压着马的侧面,像四角形一样,呆板又乏味。

在距营地六里远,离小道几步远的地方,他们发现了逃跑的卫兵阿里姆·卡申的尸体。他的头被人用军刀砍了下来,刀身划过割开了他的军便服,露出了凹陷的干瘦的胸膛。

"又是找女人去了吧。"奥梅辛没从马上下来,说道,"我觉得,他的死是因为拒绝和他们一起继续往山里面走,不想做工人阶级的叛徒,所以,把他埋了吧,要不然他会被狼吃了。"

已经能够看到远处黑乎乎的干燥风化的悬崖。为了能够让马一再提起劲头抵消耗尽的力量,就得一再地拼命地强硬夹住马儿的身侧,那里因为摩擦已经出血了。悬崖旁还倒着游击队卫兵骑手加杰因。他是一个美男子,身长一俄丈,是一个开朗爱笑的人。他的手上胡乱地缠着缰绳,马儿的头扭曲地摊在一旁。

加杰因还活着。他抬起丧失了知觉的眼皮,似乎经历了几个世纪,用微弱的嗓音问奥梅辛:"你是来杀我的吗?我不应该从你的枪下逃走。最好是中自己人的子弹了结呀。"他说:"我们逃跑会被打死,横竖都是死。卡申说,我们逃吧,卡金亚也说:我们逃吧,早晚都会被打死。哈,鞑靼人的枪杆子会指向哪里?哈……"卡金亚没找女人,他倔得像头牛一样。卡金亚像那个女人要求的那样向我的头部开枪,阿列克谢·彼得罗维奇,不要往我脸上开枪,直接射心脏。"

"好吧,"奥梅辛拉紧了缰绳,说道,"很快就了结。我没太明白什么叫作'有前提'。'有前提'是什么意思?"他转身向前走去。

来自奔萨省的棒小伙儿,在马鞍上挺直了脊梁。

"政委同志,有前提是指,那些人虽然应该被打死,但同时会感到惋惜,因为他们是好人。"

旁边这座山上的灌木活像裙子盖着腿,只覆到半山腰,剩下的那一半则光秃秃的,异常陡峭。灌木丛中有一匹马在吃草,它高高地抬起厚厚的嘴唇,愉快地吃着带刺的草。人们的出现并没有惊扰到它。

叶莲娜稍微歇了一会儿,恢复了体力后,不禁高兴地哈哈大笑。在离马很远的地方,往前走,碎石路上躺着一具尸体,他脏脏的手指扣进了石头缝里。

死者的背部、颈部和头部被射入了四枚左轮手枪子弹,看起来这几枪完全没有意义且虚荣。

"这是女人干的。"奥梅辛说。

更远处出现了一匹马的脚印。

奥梅辛向群山望去,灌木已经枯萎了,只有光秃秃的石头裸露在外。在高处,雪中屹立着一座灰蒙蒙的村庄,烟囱中飘出了袅袅炊烟。石头终年散发出炎热的气息。

奥梅辛拉紧了左侧的缰绳,右侧的缰绳微微摆动。

"拜托!以后她会来枪杀我们。回去吧,同志。牵好马。我对你的马感到惋惜,马克西姆·谢苗诺维奇,老天有眼,总有一天会抓到她。"

他的背后传来了巴列伊卡的低语:"同志,你发现了吗?最后一个人的手里攥着她的头发……""要知道,他是最丑的,卡金亚打死了所有人。他还来得及抓住她的头发……唉!"

奥梅辛勒住马,追上来与卡列伊卡并排,他向他微微侧过身来,能够闻到他身上马奶酒和酸奶疙瘩的味道。

"呃,如果能拽住头发的话……这样的话应该把这种女人揍一顿,而不是打死。"

## 8

在跨过溪流前,他们一路沉默。当马蹄踏上小木桥时,河水似乎波涛汹涌了起来,巴列伊卡追上了奥梅辛,他用手拽住奥梅辛的马鞍,开始喃喃地说:"知道吗,我对你胡说来着,阿列克谢·彼得罗维奇,纯属瞎掰。也许,她是他的妻子,又或许是他的姐妹……也可能是波兰的间谍。我没和她睡,啥关系也没有,您只是虚惊一场。最好是我搞错了。我只是送了她一条蓝色的手帕。"

"是吗?!"

"为的让她拿着,如果她想留点念想,但她……"

奥梅辛突然沉重地转过身来,仿佛有些伤心地喊道:"她带走了吗?"

巴列伊卡干燥的脸上渗出涔涔冷汗,掠过缰绳,撒谎说:"她把它烧掉了,然后给我看了手帕烧成的灰烬,在鞑靼人来了之后。烧成灰了,丝绸能有多少灰啊?就跟烟灰似的。"

黏腻的热度充斥了奥梅辛的血管,他想要睡觉,脚蹬愈发的沉重,似乎是偏向了一边。

"应该给她,"他懒散地说,"应该给写一个说明记录,我还想在白天检查一下土坯房,弄清楚他们是怎么逃跑的。鞑靼人真可怜……"

巴列伊卡的蓝色手帕被人用细钉子钉在了离门很近的把手上。

"这样啊。"奥梅辛沉思地说道,看着巴列伊卡急得还没跳下马就一把扯掉了手帕。"我看见啦,射进了六枚子弹,这个下作的女人一定会嘲笑好一阵的。"

他骑马走开了，在不远处停了下来，瞅了一眼巴列伊卡，摇了摇头，突然，他从马上跳了下来，向帐篷走去。一名游击队员走过来，拉住了他的马。

晚上奥梅辛提着步枪，换上子弹夹，不知为何脱下了防滑靴，尽管他非常喜欢穿防滑靴。

他的枪好像很沉，夜里，空气中充斥着令人难以忍受的闷热感，还好在黑黢黢的山里看不出来。

他坐在离跨河小桥不远的地方。水量似乎减少了，河水散发着芬芳的山间气息。奥梅辛第二天夜里没睡觉，所以一切对他而言都很不顺心。鬓角又长长了，长夜漫漫，乏味得令人难以忍受。

脚下布满了尖尖的像针一样的小石子。营帐的篝火熄灭了，巡逻队也很快过桥返回了。男人们哈哈大笑，其中一个人向河里扔了一把野果子。

奥梅辛坐了那么久，脚上的阵阵痛感传到了血管里。他把枪放到了一旁。天空中的某处，在金色的黎明中，闪耀着草绿色的光斑。他听到了一阵压低了的脚步声。

骑马的人慢慢从营帐向小桥走过来。站了一会儿，便敲打着马，低语着，而马则清晰地刨着蹄子。"谁啊，巴列伊卡吗？"奥梅辛冲他喊道。

骑马的人哆嗦了一下，不自然地答道："是我！"

"把头抬高点。我给你指一条路，告诉你应该往哪儿跑。"奥梅辛紧紧地，轻车熟路地，把枪托搭在了肩头。马儿因枪声惊慌地跳向一旁，连续跳了两次，然后驮着空马鞍向帐篷飞速奔去。

奥梅辛翻过尸体，从军便服的侧兜里掏出了一个用蓝色马扎尔手帕包裹着的纸袋。纸袋里有一些钱和巴列伊卡的证件。他把证件和钱随着尸体扔到了河里,却把手帕塞到了兜儿里。

然后他不知怎的,点燃了梭梭树枝搭成的篝火,把手帕摊在面前,抽起烟来。取出了一枝尾端烧得通红的树枝,插进了手帕的中间。手帕散发出烧焦的味道,奥梅辛用树枝把手帕掷到了篝火中。他对走近指挥部的秘书说道:"我今天必须弄清楚,鞑靼人搅乱了什么。真是有意思啊,教训就源于他们的爱。"

"政委同志,您不能这么做。"秘书回答他说。

"我为啥不能去查清这件事?"

"因为两周前,格鲁什科夫同志,经您允许去另一方那儿以驴换马去了,大家都知道,驴因为离群没人看管被狼咬死了。"

"两周前?"

"是的。"

"哎,生活还得继续,日子还是要往前走啊……"奥梅辛没有说完,他的生活是怎样继续的,他的话就是怎么画上句号的。他只是冷冷地笑了笑。

山上的岩石坚硬而显眼,岩石下面是绿意盎然的土地。山区里的太阳之火熄灭了,云彩则像篝火上的灰烬,覆盖在岩石上。草长得特别长,已经到了腋以下。真是顽强的草,压不死它,真是压不死它。

从秋明某处出发,穿过草地,越过沙丘,跨过乌拉尔草原和其他草原,经过奥梅辛同志的营帐,来者正是宣传员,能说会道的叶夫多基姆·彼得罗维奇·格鲁什科夫。

# 逃命岛

# 1

"谢谢,请允许我提前跟你这么说,"坐在我对面的乘客突然对我说,"您有没有铜板?就是零钱,应该这么说。请务必帮我换半个卢布。"

想要看清楚他长什么样,这对我来说有难度,高加索草原的热浪扬起的灰尘密匝匝地,就像镶玻璃那样把窗户都覆盖住了。此时已经黄昏了。那位乘客注意到我的眼神,他就尝试着擦干净窗玻璃。我终于看清了他那双机灵的大眼睛。

"请打开吧,不会偷的。"

这时那位乘客赶紧看了看自己的邻座们。第一个是一位肤色白皙梳着童化头的美男子,胳膊肘支在桌子上正打盹儿,而那个大胸女人沉默寡言,她的睫毛浓密,让人心动,专注地盯着我的眼睛看了又看。我此前就注意到,她已经睡得够多了,睡着的时候放松地翘起上唇,能看到她白亮整齐得如同白桦树一样的牙齿。

"开吧,不会偷东西的。"她慵懒地说,甚至都没有瞟一眼那个大眼睛的男子。他专注又忧郁的目光看着那个女人,匆忙拨弄着皮带,仿佛他打开的是心灵之窗一样。凛冽的风吹干了我们的喉咙。火车在一个小站停留片刻。窗子下面是那些流浪的人们的叫喊声。

"怎么,给你的不是银子!"我的邻座向他们痛苦地喊叫。

"你给的是银子,"女人用平静的声音说,"您会硕果累累的。"我的邻座乘客们一路上都在饱餐小面包,喝茶,并且不无嫉妒又温情地谈论着钱财。

就在这时机灵的邻座突然快速地把二十戈比的硬币投出窗外，接着又扔出去了半卢布。"嗯，这是有什么目的的吧。"我想了想就开始仔细瞧起来。我已经躺在上铺了，而且为了跟我说话方便，这个加尔金，我后来才知道他叫巴维尔·彼得罗维奇，他把脸侧过来朝上，让脸跟铺板一平。于是，我看清了这个好色之徒的肿眼泡，善妒饶舌者的张大薄唇的嘴，嘴巴里面露出醉汉与瘾君子仅剩的几颗黄牙，而上面白花花的牙床正毫无教养地被唾沫濡湿了。与此同时，他还迸发着富于想象的灵感，就像一些被主人抛弃的老狗。

"他们在笑，他们，伊万努什卡兄弟和阿廖努什卡姐妹在嘲笑我。"

他温柔地朝他们微微一笑。伊万努什卡兄弟刚刚从火车的摇晃中醒过来，冷酷地看了我一眼，就又开始打盹了。

"从本质上看，他们是无家可归的人。如果需要的话，他们会打死父亲，烧光母亲。然而连五戈比的硬币都不施舍的话，就可耻了。因此，我给钱，就算我们自己也是有贫穷绰号的人……真事吗，在穆加尼自来水管都铺一千俄里了吗？"

"是水渠。没有一千俄里，而是三十七俄里。"

加尔金先是快速地眨了眨眼睛，接着突然瞪大了眼睛尖声喊道："水渠！快讲讲，可大家都在说是自来水管啊。依我看，水渠更好。秋天候鸟要飞走过冬，也需要落下休息一下的，否则飞过尘土飞扬的火焰时羽毛会烧掉，猎人会得到食物。这些新兵，像鸟儿一样需要过冬。就算鸟儿还有羽毛，他们有什么呢——只有喝醉，只有阴沉而混乱的命运……"

加尔金叹了口气。列车员点燃了一支蜡烛。加尔金脸上的皮肤有点发黄，皱褶更多了。我想："显然，你的命运也很悲惨。"

暮色像炉膛里一样暗黑，车厢在摇摆，热风把我的头发吹得像羽毛一样。我打起瞌睡来了。半梦半醒中，我听到了加尔金刺耳的低语：

"对你，阿廖努什卡，我是慢慢注意到……最后一次，上帝保佑她，一个又肥又软的懒汉唤醒了我对西伯利亚的记忆。"在梦中，我好像明白了监狱里的"监视"是什么意思。似乎有谁摸了摸我裤子的口袋，于是我就翻了个身。那个梦，似圆圆的帽子，清晰地扣着我的头，纠缠着我。我记得，一瞬间，在我后面的意识里，车厢的窗户上，有一团巨大的深红色，玫瑰色的朝阳，在覆盖着露水的镜架上散发着刺目的光芒。加尔金正在我上方斜着身子。他微笑着跳下来，向窗外望去，欣赏日出。他的头是湿的，粉红色的……

我很晚才醒来。我的邻座们喝着茶壶里的茶，这壶看起来像一个熨斗。加尔金高兴地喊道："好久啊，您睡了很久！"

随后开始闲聊。听到声音，我想起了日出时的幻象。我掏了一下兜，一阵瞎忙之后，就像所有被窃的人一样，开始翻遍所有口袋。两个月的高加索梦幻之旅，卡兹别克①，浪漫的黑海浪潮，总之，我的四百八十卢布丢了。车厢晃动了，加尔金最着急，上蹿下跳地四处寻找。不知为什么列车长马上怪起我来。他刚修剪完胡子就像是对我的侮辱。"去找肃反委员会。"他恶狠狠地说完就走了。

在车站我没找到肃反的人（第二次响铃后他才跑来，手里拿着一大块没吃完的瓜，他想和我一起去，但很快又改变了主意）。在车到甘贾②时肃反的人问：

"您怀疑谁？"他忧郁地补充道，"我们可以搜查加尔金，你上哪儿找去……早就换地方藏了。在甘贾他就偷，他说的，我们盯着，我们盯

---

① 格鲁吉亚的城市名。——译注
② 阿塞拜疆的一个城市名。——译注

着……搜查只会带来麻烦。"

肃反的人是俄国人,他有口音,显然很无聊。

他懒洋洋地吸着铅笔尖。我拒绝了搜查。

## 2

而加尔金继续往前走。他的脚边放着一大篮子石榴和葡萄。

"你想喝点酒吗,兄弟?这里的酒比土豆便宜。我花五十戈比买了一罐。"

白天,最上面的架子会放下来。我们三个人就坐在下铺。因为车厢的震动我对面睡觉的女人的两个乳房也在有节奏地摇动着,就好像一个要赶上另一个似的。加尔金爱慕地注视着她奇异的睫毛,轻轻地叹了口气。为了不吵醒她,他走到站台上,在窗户前分发铜币。

"您会好的。"他说着,迅速掰开了一个石榴,"命运不顾一切地折磨着所有的人,既有老人,也有青年人,我也有这样的命运……"

这时阿廖努什卡懒洋洋地抬起自己那双粉色的眼睑。她的兄弟一动不动地坐着,好像他的身体被框在一个界限里了。他突然抖了一下,鬈发抖动,带着一种奇怪的优雅,向她侧过头。"这样的爱情会降临到一个人身上。"我恨恨地想。

"吃点儿吧。"阿廖努什卡嘟哝起来。

于是加尔金喊了一声列车员。像整个车厢的人一样,列车员对我的邻座们和肃反人员都凶巴巴的没有好脸色。加尔金给了他三卢布小费,于是列车员就亲切地笑了笑。从餐车送来了吃的东西:青豆配猪肉饼、斯特罗加诺夫牛排和伏特加。吃完饭(我仍然害怕回忆起,我是怀着怎样的恶劣心理看着他们吃掉我的卡兹别克、浪漫的黑海、第比利斯的郊区的旅行），他们决定唱唱歌（阿廖努什卡原来有一副蜂蜜般的女低音嗓子），于是整个车厢都听着他们唱歌。听了很久，当他们唱着强盗的歌时，我又想起了西伯利亚，想知道为什么我在高加索，为什么我们的贝鲁哈德比卡兹贝克更糟糕。我的愤怒减轻了。唱过歌后，阿廖努什卡变得更加健谈，并且把窗边的位置让给我。

"你能不能给我讲个故事呢，彼得罗维奇？"

加尔金很快挥了挥手——他显然很喜欢也擅长讲故事。

"我们，您知道，"他略微骄傲地说，"一家人，我们决定到特弗利斯拜访亲戚，然后从那里返回穆甘，然后到这个有自来水的地方，过上好日子。"

加尔金说了句俗常的话：男人的故事很蠢，我也不会嫌弃。他还稍微晃了一下头。

"现在您想吃点东西吧，先生？我边吃边讲。我还有一卢布。所有囊中羞涩的人都会谅解我吧。"——可是我已经吃过了。

加尔金喝了一杯，喊道：

"她真行啊，这该死的高加索的女人，在葡萄酒里掺酒精啦……"

## 3

"或许您看报时，有机会了解到一些关于像瓦西卡·扎布斯这类的政委的消息？"

"哎哟！哪里会传关于你不好的事呢，瓦西卡？"——我想了想还是问了，"从秋明来的吗？"

"正是。或许，您曾经到过这些地方？"

"去过。"

"谢天谢地!这是极其富有的地方:大长靴和松球(行李箱和小钱包)就好像是用土地填满的财富。在这样的地方,对于明智的人来说,生活起来再好不过啦。这样……瓦西卡给革命建功立业了。"

阿廖努什卡打了一个很大的哈欠,再一次为我们展示了她那犹如白桦树林般的牙齿以及犹如还有着隔膜的仿佛湿漉漉的小牛的舌尖——加尔金是这样认为的。

"你要是——"最后,她情绪激动地说,"就算是说笑吧……谈谈关于那只不死的猫。关于这次革命,一切都是既可怕又无聊,好像疾病一样……"

"阿廖努什卡,一切终将在那里发生,一切。所发生的革命也好比有九条命的猫,令人惊异……我!只是一个当地被统治的人中的普通公民。我天生是一个精打细算的人,但是我不得不过分忍受上帝才知道该怎么办的一切,当孩子们……"

这时阿廖努什卡突然大发雷霆,嘴里含含糊糊地嘟囔了两句,好像在说"发牢骚"。加尔金没有抽烟,而是将烟扔到角落里。他又拿起另一根烟,也没有抽。他的手指在战抖。到后来,阿廖努什卡和蔼亲切地说:

"你是不是讲个故事啊?"

加尔金一下子振奋起来,心情也愉悦起来了。

# 4

我成长于分裂教派。因此,我的故事开始于该死的 1685 年……沙皇反对分裂分子的法律在那一年生效了。他们被这些法律折磨,直到革命……在索菲亚公主的邸宅里,他们才有可能高声呐喊:"我们要胜利了,我们会挺过去!"就这样在这种高喊下过了几百年。兄弟,您不要见怪:我说得不清楚,应该说是"和着音乐"声。

"萨瓦泰克自己开了枪。"虽然他手中没有小铃铛。但牢狱的音乐也因此而美妙。

对他们而言,真正的折磨是来自彼得大帝的。彼得反对他们,颁布了神学羊皮法令,之后人们就被扔进大坑中烧死。在彼得堡有一个叫塞米昂·维波尔科夫的智者,生活在那个神学变革的时代,为此精神发狂。但他天生英俊,彼得认为他是罪魁祸首,称他为反基督的主要带头人。责骂沙皇——生活就像没有筹码的游戏。后来他侥幸逃脱了,因此他把这分侥幸看成是上帝的旨意。彼得得了梅毒死后,他便扯了一块布,写上一个诅咒:"反基督者下地狱,全俄罗斯国王都是魔鬼,上帝怜悯荒谬而肮脏的皇帝彼得。"那封信里的内容还有什么流传出来,谁也不得而知……但那信不知被谁放在牢房的窗台上晾干。一天,有一个名叫耶利法的人走进牢房,看到了信,上报了。

维波尔科夫承受住了苦役、关地牢——也就是密不透风的浴室的折磨。他在铁椅上吃"修道院的念珠"……他并没有带着铁链这样的礼物去拜访老爷家,然而在岗哨那里,近卫军士兵一声令下,他的智慧的头便遭到无情的毒打。他经受了大量折磨,和肉体的痛苦——那些刑具可不会心软的,他意识到自己的死亡:那年夏天在雅罗斯拉夫尔郊外的沙漠里,商人费奥多罗夫的村子里的人们都在等他,士兵们去了那里。

通常,分裂派教徒都会被埋到坑里。安静的亚历山德拉——维波尔科夫的妻子就在农庄等待丈夫。在教堂周围堆放着篝火,唱着欢快的赞美诗。突然,一个叫奥格洛波里的小伙子,朝前一边跳出去,一边喊着:"我本人从斯特罗甘诺夫工厂逃跑过三次,知道从外乌拉尔石头到卡雷姆河所有的路和出口……再往前是秋明要塞,更接近托博尔斯克要塞,在那些杨树林和沼泽中间有个白岛,是因为老橡树被如此命名的。那些不冻的冻土,被称为流油的土地……每年有三个星期的时间可以踏着少见的草去那里,而冬天则沿着长满雪松的山峰穿过,因为冬天那里有十层深的雪。您是善良,友好的人,我怜悯你们啊,我愿意带你们去那个白岛……"

他刚说完,分裂教徒间的争论便开始了。维波尔科夫的妻子怀孕了:谁甘愿连孩子一起烧掉?而工人运送的是干草,堆在周围,烧起来就容易些。商人费奥多罗夫喊着阿瓦库姆说的话:"要勇敢!别害怕!"当走到炉子前时,所有人都很恐惧……可走进去了,也就忘记了一切!……维波尔科夫的妻子亚历山德拉对他说:"我要去西伯利亚。"商人抓住她的头发,她刺伤了他。有些人打抱不平,于是发生了一场壮阔激烈的战斗。很少一部分人与商人一起跌进了火里,另一部分人跟着工人奥格洛波里去了沙漠。有首歌甚至这样唱:

**卡马河到额尔齐斯河那是千万里路。**

**可要走过这千万里啊,手上的手指都要磨掉。**

……他们逃了出来,走了很久。维波尔科夫年轻的妻子生了一个女儿,和她的母亲一样叫亚历山德拉。当他们摆脱所有的痛苦到达白岛时,这个女孩刚好十岁。

信念就像面团,没有手,没有脚,照样可以滚动。对话和思想,祈祷和禁食,可实际上,在任何地方都没有真正的东正教主教,并没有走运一说。没有使徒的祝福也没有幸运降临,所有的主教都和反基督的仆人在一起并非走运的事情。还有一个指望:基督第二次降临……日复一日地等待……所以,我们就决定,自己做什么神秘的事情。住在莫里亚的智者杰尼索夫也支持他的观点:"他说,要坚强,但最伟大的秘密——婚姻——是相似的。"人们思绪混乱起来了,仿佛自己成了一个移动的磁场。

人们来到高高的山冈上,上面长着绿油油的青苔。能看到原始森林般的黑暗,西伯利亚逃亡的流放犯也从来没有来过这里,他们比任何野兽都诡计多端。向东看去,有一条不知名的河流——沼泽地带,小草,芦苇,沼泽和峭壁。山上长着三棵小松树。

过了河后工人挥了一下手说,"从这里就开始那条通往白岛的遥远的路了。但是只能等到深秋时沼泽结冰才能出发,到时沼泽地里都冻硬了,能站住人。此前,我就像背晨祷词一样把整个这条路记下来的。"

工人在一个长满苔藓的鹅卵石上的三棵松树之间坐了下来,用手扶着头,看着河对岸的沼泽思考着。他整天坐在那儿,像一枚硬币一样闪耀着,"一切我都记得。"下雪了,毡靴旁的雪已经冻得结冰了,毡靴旁还能看到狐狸留下的爪印,工人奥格洛波里还在思考着。"他还活着吗?"分裂教徒们担心,但他们害怕打扰他——他可能会因为问题干扰而失去理智。他在雪地里坐了三天,不吃不喝。第四天太阳升起,严寒降临,袭击了森林。然后工人起身了。

"我想起来了,"他说,"比早晨时还更坚定了……"

人们唱起了寻常的祈祷圣歌,车队开始动身了。在三棵松树旁边,亚历山大的妻子站在工人的石头旁。马车从她身边驶过。亚历山大的妻子数了三百个,然后对最年轻的分裂教徒说:"您走在大家后面,您将雪扫平,确保没有任何足迹,没有车轮痕迹,没有人记忆,没有道路,只有雪堆!关上原始森林的大门吧,插上沼泽地的门拴吧,我会把诅咒放在那条路。"

他们就是这样做的。

五天五夜后车队抵达白岛。雪原的雪高过桦树，树干纯白胜雪。看见一座山。冬眠前，山洞漆黑一片，熊睡觉前在洞里打架。从山上往下扔石头很有趣，那些石头飞下来，简直像鸟一样。熊看见了人们，大声吼叫起来。大家明白自己余生的时光都会在岛上度过，人们互相拥抱后，就纷纷走开了。

　　起初，分裂教徒非常担心沙皇的爪牙会追来，后来他们明白了：他们来到了人迹罕至的冷水中。他们将牢房堂改成雪松木盖的教堂。大教堂建成后，性情平和的妻子亚历山德拉被选为汤姆·基诺瓦克大教堂的院长。达尔，按照波莫尔斯的智者杰尼索夫的命令，分成了两组："有能力的人"进入了被称为恩典的山，进入了洞穴，成为修士，做了老师……他们慢慢明白：现在的生活只是未来生活的一个小阶梯，这是一个没有尽头的阶梯。那些不适合的人，就住在下面的林间空地里。他们建造房子，耕种土地，打鸟和猎兽。生活也不比隐士：既没有笑，也没有哭泣。寂静、阴郁，还有忧郁。如果犯了什么罪，老师写几页训导，每一页都要鞠躬一百下。在祷告浴室里数神……

　　习俗也形成了。起初是因为狼：狼让人厌烦极啦。他们需要枪和火药。教堂于 12 月进行选举，选了三名猎人和五个强壮的笨蛋：许多傻瓜从沙漠生活中诞生。那些滑雪者和愚蠢的塔斯库纳人走到三棵松树前。科米族的手艺人还有小偷商人们在那儿等着跟他们见面。用火药、步枪、铁和古老的圣像交换毛皮和猛犸象的尖牙。科米族人，婊子，从火里出来戴着兜帽的人，整个黑胡桃村的人们靠着跟分裂教徒交换东西生存。在铁屋顶下的砖房逐渐减少，弄到了留声机——却是哑巴的。十几个守卫都战战兢兢：狗听到了什么——感觉不对劲，浑身因为追赶猎物哆嗦着，可还不能失手。人们对整个托博尔斯克区感到惊讶，以前打猎时都是黑胡桃的科米人最走运的。黑貂、海狸、猞猁、猛犸象、松鼠比老鼠便宜。他们最终认为,"一定是魔鬼给他们帮忙啦。"

这就是一座狼窝,白岛的沙漠伸展绵延三俄里。在山上,在广袤的荒原周围,在洞穴里沙漠里的苦修士数不胜数;只有被推选的人才会进大教堂。生活中人们选维波尔科夫的家人,由苦难圣徒的妻子开头做基诺维阿尔赫。他们学习沙漠苦修的人奉行清苦的生活,只生一个孩子,如果是儿子就叫亚历山大,女儿就叫亚历山德拉。小孩满三岁,父亲就去山洞苦修,而妻子仍然操持家事。

啊,我不知道他们是否吃过香蒜酱,配酸奶油的小面包,但我喜欢。现在我对他们已经不生气了,我想,每逢节日他们会让我吃的。

该说点什么呢?奇怪的人们啊。有一次维波尔科夫家生了一个女儿。按惯例,在生日那天应该把一桶一个半俄丈的蜂蜜埋到地里。这些蜂蜜第一次应该在婚礼上挖出来用,第二次应该在葬礼上挖出来用。像往常一样的惯例,女儿叫亚历山德拉。他们把大桶放进坑里,做了箍,做这些箍就为了以防万一,桶实在太笨重了。箍崩断了(那个商人身体弱还是个二流子懒汉)。父亲哆嗦起来,他像预言家预言那样,是个有福气的人,人们都叫他普拉东。

——不好,不好,不吉利!不要让这桶蜂蜜在婚礼时或葬礼时挖出来用……就让这桶腐烂,消失,不要水桶……不好,不好。

没有等到约定的三年,普拉东就在那天晚上去了沙漠里的洞穴。他认为这是他造的孽。一个女人上了他的床。他年轻时的梦想是不要和女人上床。可她是美女啊,他迷恋得很。

普拉东在洞穴里不倦地祈祷。他赢得了很高的荣誉,许多人去找他答疑解惑,他本人有二十年都没有回过林间空地。每天吃一块面包干,喝一小杯水。

就在他积累丰功伟绩的第二十年——岛屿周围树木烂掉了,蚊子肆虐、强盗横行,黑麦长成了畸形:没有收入粮仓。无人打谷,也不脱粒。他的手和链都掉了。12月大教堂召开了会议。老太婆,亚历山大安静的妻子——坐在椅子上,把毛茸茸的小狗毛剪掉了。房间里一片寂静,光彩照人,燃着神香。老头子们坐在长凳上,老得胡须发了霉和爬着蜘蛛。一个虔诚的老太婆亚历山德拉在对他们说话:

"在派猎人去三棵松树之前,我想告诉你们一些蠢话,老人和苦修士……我一个女人愚蠢的话,也许你们不会听……

"说吧,妈妈,说吧,心地善良的人……"

亚历山德拉·基诺瓦克严厉地看着大家,尤其是马列什卡,马列什卡是重要的猎人,比任何人都更了解三棵松树,它们被取了该死的绰号,原因是三十年前他被一个卖烟草的科米族商人引诱去闻了闻烟草的味道。马列什卡今年七十岁了,可在家里还是一言九鼎。他嘟嘟囔囔地起身跟着沙漠苦修士去了。

"说啊,妈妈……"

老人胡须晃动着:你不能顶嘴。女儿是野兽,隔壁的门在摇晃。老人们总是说:

"当然了,我们需要讨论一下……人们想出什么了呢?谁知道呢。"

"我想出主意了。"平静的老人思考着回答说,——为了维持基诺维阿尔赫家族的统治,祷告把女儿萨莎嫁给年轻人科特尔尼科夫,他是一个意志坚定的人,像神圣的堡垒一样可靠的人,灵魂芬芳,纯洁。

老人们的胡须微微颤动着,互相客气地弯腰鞠躬。圣洁是圣洁,年轻人科特尔尼科夫能从这场婚姻中获得不少好处,就像茶炊——高枕无忧啦。

萨沙还没等马站好,就甩开了马镫。她声嘶力竭地野兽般号叫。她撕破羽毛褥子,把毯子扔到地板上,羽毛到处飞,她泪流满面。是,意志坚定,那个叫科特尔尼科夫的年轻人信教,他很用心地祈祷,但对洞穴苦修却不很热衷,也从不去洞穴看看。也许和年轻的妻子上床后,他就会跑到山洞里修行吧,像他这样的人很倔强,心气也高,可身体却跟扫帚一样弱不禁风,苦修说不定会把他折磨坏的。

要是萨沙穿过村子走到岛屿边上,那里就是浅滩啦,大河总在浅滩那边分成几个支流。在黄沙的前面,波浪闪闪发亮,愈发蔚蓝,她在河上边悬着的枯树干上坐了一会儿,村里仿佛在举行仪式,她望着大地,睫毛好像影子笼罩着心灵……有人在仲夏时节突然需要雪橇,她跑去找邻居,有人在那儿等着见她,有人丢了鞭子,还有人想要去祈祷。他们要看她的前胸,要看她的裙子——真是毫无办法。接着大家会三天三夜不睡觉地狂欢……她就不再是姑娘啦,而变成族群维护正义的首领。

老头们的舌头翕动着,仿佛淹没在水中菜园里的田埂时隐时现。亚历山德拉·基诺维阿尔赫扬起鹰翅般的长眉,就像鹰长着翅膀,老人们齐声说:"为婚姻祈祷,你的家族将延续虔诚……"

他们给马列什卡和滑雪者想要的黑貂皮、猞猁和其他毛皮。女长老亚历山德拉·基诺维阿尔赫读了一篇布道文。给马列什卡下的命令是每年不要靠近塔巴斯克人。马列什卡一边鞠躬一边回答她说:"我们一定战胜魔鬼,牧师妈妈,一定会安然度过的……"

他们悄悄地走了出去,衣服也收拾好了,屋里更安静了。听到老妇人的声音和呻吟,女儿浑身裹着羽绒被子躺着,旅店里的姑娘们不知道如何帮助她。萨沙刚睁眼看着她的母亲,就想请求母亲,她不想嫁给加夫里拉·科特尔尼科夫啊。

"头晕吗?"

"噢,不舒服,妈妈,很晕。"

"会好的。不要睡在羽毛被里,放两个皮念珠,就会好的。你高兴点啊,大教会允许你嫁给年轻的加夫里拉·科特尔尼科夫。我能和教会争论什么啊?我们办大斋节婚礼——我需要一个继承人;我看到了死亡的幻象,时候到了……你对新郎满意吗?"

"满意的,妈妈。"

老妇人看了看那张被弄破的床褥,嘱咐要在婚礼前把它打扫干净,萨莎一直做噩梦。老妇人把她囚禁起来了,女孩又眼含热泪。她不像女孩子,而是像个猫仔般哭号着。她不能去任何地方,她不能跳水,可当想起加夫里拉的双脚时,女孩腋下不禁冒出冷汗。

## 5

滑雪猎人队伍带着马列什卡去过三棵松树那个地方很多次——大家都非常惊叹。这里的黑腹琴鸡又小又黑,活像块生铁。琴鸡咚咚地啄着树,眼睛却扫着松鼠,示意它看看地上人们行走的路线。人们厚厚的靴子可不在乎针叶林和暴徒,岩石和沼泽。越接近三棵松树马廖什卡越兴奋起来。他对四周非常熟悉,仿佛置身于鼻烟的美妙世界中。

马列什卡不喜欢科米人:他们铺了不止一张狍子皮,雪橇中为了柔软舒服还给自己准备了坐垫。谁都知道——想抓白鼬真是手到擒来,太容易了。可大家都要下雪橇去歇会儿,犯戒律,闻鼻烟,把它塞进靴筒,喝一喝茶,跟科米人待在一起也不赖。

"叔叔,我们要闻一下烟的味道……"愚蠢的人们一路上哈哈大笑嘲笑着他。马列什卡皱起眉来,严厉的样子,而他本人简直就像老太太。

——"我还是念一会儿经……"

他们穿过沼泽，穿行于直到现在仍不知名的河边芦苇中，芦苇丛一直延伸到三棵松树，他们终于走出了这片芦苇。山冈上，三棵大树仿佛用绝妙的海外石头打磨而成，树皮闪闪发光，工人们中间放了一张体贴的石椅，椅子上放着几十根清理好的羽毛。

旷野上覆盖着大雪，难以通行——只有喜鹊的爪痕。以前泽梁人会生大堆的篝火：贪婪的人会提前三天到来，他们担心少了利润。在空地的另一边有一个很小的木屋，像浴室那么小。易货结束后，他们就烧热澡堂，洗蒸汽浴。澡堂凉了，就睡板子上。

澡堂烧热啦，马列什卡讲起了自己糟糕的往事——他过去是个好交友的怪人，这些故事都充满罪恶，要知道，分裂教徒在旅行中是可以宽恕很多事情的。泽梁人（科米人旧称）一直没有出现。哪怕就刮一阵心灵风暴也可以轻松一下嘛，不然就太安静啦。松鼠在树枝间跳来跳去，就像在一根根琴弦上跳舞——声音特别响。五俄里外就能听到熊在洞穴里的呼噜声。

人们说胆小的人不玩牌。马列什卡就是个胆小鬼，他一生的使命是——像狗一样嗅来嗅去，而他却有幸加入了一场大牌局。

马列什卡站着，怀着轻松的心情，听着熊的呼吸声。就算他对原始森林了如指掌，他心里还是一直打鼓，惊慌失措。

"先生，行行好，救救我吧，经过我家给捎个信儿吧……"

人们为了继续去找三棵松树，就又等了三天，大家谁都没想出主意要怎样继续前进。

鼠疫。瘟疫降临了，来惩罚人们了。否则科米人为什么没出现呢。我们奇迹般地幸存了下来……

以防万一，他在松树的根部砍削了一个十字架，他说这是分裂教徒的十字架……人们又等了一些时日。大家都叹了口气，开始放下大十字架，踏上归途。

# 6

当时在托博尔斯克，这个瓦西卡·扎布斯当过省粮食专员。他经历过多次心灵的重创，多数是因为爱情。毕竟，爱情就像一张扣住正面的暗牌，放在衣衫下，谁知道它能预示着什么呢。作弊在这里也无济于事。它也妨碍着进行研究的科学家、革命党人还有骗子们——过自由的生活。对于这张黑牌有这样一种理解，完蛋啦，喏，拿我的命去吧，一个公民的存在……

嗯，所有这些闲谈都像是骨头，毫无用处，不实在。也就这样。伊利奇领袖的新经济政策的命令还没有下达。我不太擅长判断各种行动：我所知甚少。我对生活的态度是很现实，我的真实看法是，获得了战利品就该共享。上层与下层都要拿出来。这是应该的、正确的做法。

就是说，瓦西卡坐在托博尔斯克自己的办公室里。当然，穿着毡靴，手套就放在桌子旁边以备不时之需。手上夹着电话，简直比戒指还多：有蓝色的"莫尔盖"①，"萨帕伊"②，如火柴一样的红色的"赫瓦塔伊"③和金黄草色的"基瓦勒岛"④。电话的名称简直能写成一首歌了。

司机从楼下给他打电话：有人偷了最后一桶汽油，司机需要一瓶酒才能焊好破裂的部分。专员不应该穿好的皮袄：人们会说那是偷来的。衣服收了起来，偷了大衣的人就像死人一样羞愧。如果穿半身皮大衣坐雪橇去开会，那可是会冻僵的。一个秘书走进来汇报听到的不当言论。他该跟秘书吩咐什么呢？秘书官阶不低，本身还是无党派人士，他穿着

---

①②③④ "莫尔盖""萨帕伊""赫瓦塔伊""基瓦勒岛"，指不同牌子和颜色的电话。——译注

图卢普的毛皮大衣,而且还穿羽绒背心哪。

"听说,在那里,科米人想跟您谈谈摊派的事,这有很浓的富农思想啊。"秘书汇报工作。

扎普斯瞥了一眼他的玻璃杯子,还有他的羽绒背心。

"扩大人数,让他们付摊派费,那我就能接见他们。"

"无论如何不可能。他们说这是头等大事。请通融一下,别排队了,优先接待民族代表。"

"你收受贿赂了!"

秘书挥了挥手,气得脸都红了。在这样一个大规模镇压时期,行贿多危险。扎布斯很伤心地说:"苏维埃这个大茶壶周围,直是群狼环伺啊。你看着吧,我有空了,一定把你枪毙,我亲爱的秘书……哎,我心慌意乱,你让科米富农到这里来吧!"所有科米人穿着巴瑙尔的皮袄,拉紧红色束带,戴着长绒帽子。

"唉,你们这些公民,为什么坚持不纳税呢?!要知道,你知道,这不是一场小战斗,而是一场关于社会主义祖国的殊死搏斗……但是您非得忙成无数只松鼠一样。""别跟我说话",我只想说"脏话"。他边走边哼唱着:"他狂奔起来,系着痛苦飞奔。"

一位精神矍铄的老人打断了他的话。他伸开双手,说了一番最美的话。在美好面前,扎布斯总是感到痛苦。

"我们将给你的……可是在打仗时我们的心灵已经疲惫不堪,我们的手会战抖,仿佛一个赌徒输光了他的财产……现在很难打到黑貂了,我们花了很多精力。越来越穷了,我们有桦树皮制成的炊具——您现在在哪里可以买到铸铁?油灯油脂在燃烧,我们需要为国家和人民交这样的税,不少于八普特纯火药,以支持委员和祖国……"

他回答说,瓦西卡因这些美丽的话语热泪盈眶。

"亲爱的公民们,你们是我的财富——别跟我胡扯,我自己也能前行。整个省份八磅火药怎么样,法国和德国的大小,法国和德国加在一起,只有九普特的狩猎火药,除了数以百万计的弹药,我们总是乐于用这些去对抗苏维埃政权的敌人和一切……是的……你需要这么多的火药来发动起义和血腥富农的暴动。"

"政委先生……"老人反对他。但是随后,扎布斯大声打断了他:"我也吃过七鳃鳗和茄子,帅老爷子,你们去老母亲那。我厌倦了汽车和专业秘书……我要休个短假,带着我忠实的水兵部队,去你们富农的村庄,用富有激情的语言解释清楚火药的经营情况。"

"嗯,"科米人想,"我们与刽子手早有交情了,我们免不了牺牲绿头鸭了。"几百年来他们可都是在高板床上搂着女人睡觉的。他们最多就是用小枪指着鸭子。眼下所有的鸭子都成了水中的目标。可万一这位快活的政委突然想出考试的主意来,就好像,射击测试。该死的,会在上面找到松鼠。要是有狗,狗一向都是向鸭子学。如果这位快活的政客要调查枪支,那么全村就只有三支枪支。他就会说——大家把武器藏起来了。上帝。科米人完蛋了。"

科米人集合起最美的女人和女孩。让她们回忆宴会的歌曲。预先储备三袋饺子为了给来到栅栏和村子边的扎布斯"投射"。让我们自己去森林里,去窑洞里酿烧酒,并且想出如此美丽的话语来向扎布斯表达我们对苏联和省专员的爱。

# 7

滑雪的人们从三棵松树回来,瘦得皮包骨头,脸色苍白。雪橇前后都拖着皮毛:那些远征的马本不应该是这样的,他们认为—— 一个愚蠢的动物可能会放弃他的信仰。马列什卡在抖：马诺夫，否则去洞里，去那求助吧。"咒语"也没用。当分裂教徒们看到马列什卡时，知道消失了的科米人的事后，村里人们吵吵嚷嚷起来，维波尔科夫家的台阶旁的木条都被热切的人们压断了。于是村里这些嘈杂的话语仿佛构成了一首独特的乐曲。

"没有火药了，兄弟们，就像没了镇宅木。"

这种大梁木头就被称为镇宅木，他们把它安在炉子的角上。他们信奉，没有这木头炉子会倒塌，但我认为这是假的。

"不要总以鱼为生。"

"住口！没有肉，不需要肉，生铁，铁器没有了。简直没有割干草的工具了……"

"兄弟，火药值多少钱？你忘了狼了吗？"

"要是自己离不开女人，你就得有体面外表。想用貂皮给大衣镶上边都做不到啦。"

"你做梦梦见绒大衣啦，基基莫拉！"

"该死的狗！"

"希律王！"

这里嘈杂说话声刚开始。此时此刻，狄俄尼索斯——温文尔雅的修士、书法师、老师——从拐角处走出了，后面跟着其他下山的沙漠苦修士。教堂乱纷纷的人头攒动，修士把大十字架放在争论着的捣乱的人们身上。

"魔鬼使你感到尴尬，像烧倒草一样。把神像放在念珠前，都会过去的。地狱之火已经如此沉重——为什么要加罪孽。你必须活得温顺，安静，祈祷。唾弃反基督者的世界……"

于是大主教坐着，他抖动着胡子。

"马列什卡,谁对你说过鼠疫?"安静的亚历山德拉女牧师问道。

马列什卡害怕得就像挂着黏液的雨中的蘑菇。

"是痕迹……是痕迹……"

人们看见这个人吓得魂飞魄散,眼睛从一个角落转到另一个角落。没有什么声音提示他。

大主教明白,证明都是无意义的。除了马列什卡,再没有其他合适的滑雪向导了。

"回家去吧,马列什卡,一周打五次,一日七次祷告……"她叹了口气。

"天啊,圣灵恩赐我们了,我们应该前往三棵松树那……"

但是随后她不得不抬起头,裹着深色披肩,将头抬得更高。摇晃镣铐,而镣铐从一个修士身上逐个落到另一个修士身上。

"别管反基督的世界,牧师母亲,不要派任何人去那里。命令鸟儿温驯、狼像异教徒一样要用箭射。让马列什卡砍下三棵松树,然后让他来找我,来下面的洞里,宽恕罪恶。必须忘记罪恶的世界……反基督的孩子每天每时每刻都在出生:罪和淫乱,被称为三种语言的禁忌……"

其他的苦修士们反对基诺维阿尔赫,他们拉长了声音,米特罗凡是个饥饿的人,斯蒂芬妮是个快乐的人,彼得是个祝福者。但是在那里,他们轻柔如羽毛般的声音胜过了从长椅上站起来的安静的老妇亚历山德拉。

"够了,神圣的父亲们,就像翅膀碰到天花板折断的苍蝇一样,飞到山上。就算待在洞穴中需求很少,但仍需要补给。山下的村民正在开采补给物资。这里的水是冰冷的,干活繁重,这样的工作怎么能没有铁?你不必乱挖地。从狼坑你也是无法逃脱的。该死的浪荡的马列什卡什么真实情况也没打听到。科米人,不用担心,在三棵松树那有人在等着……如果他们没等待——那就派人到他们的米尔村社去。"

在老太太身后坚硬的雪松墙壁摇动了一下。

"去米尔?"

"了解米尔以及那里发生了什么,让年轻的加夫里拉去。"

"现在他虽然年轻,但充满智慧、意志坚定,冷静沉着,不是吗?"

"教堂不是一个网,而是一百个结组成的,是一千颗心的凝聚。然而,只有智慧超群的牧师才能将其摧毁。"

苦行僧只胆怯地用镣铐的叮铃声对这些话做了回复。

加夫里拉站在大主教面前,低下他瘦弱的脖子鞠了一躬。马列什卡忧伤地站在台阶前,心里想,他怎么能和这样走路摇晃的人一起去呢?

萨沙,基诺瓦西亚的女儿,喜欢睡觉,吃饭,跳踢踏舞。房间里总是一片寂静。大主教虽然老了,但哪怕轻微的脚步声她也能听见,心情也就越发欢喜。对这些主教们她总是盛情款待。

她对即将成行的青年加夫里拉说:

"在米尔那里,你要仔细观察,以便回来详细讲述所有的事情……"

她久久地看着他的背影。现在还没有暴风雪,可她感觉,暴风雪正在袭来。

既可惜又快乐,令人讨厌又该死,还有谁呢?他们看起来有一样。脸呈蓝色而且腐烂,好像松弛的桦树,就像黄色的树叶飘落到世界上……

# 萨别卡的死

春天的草原，好似碎矿机，敲打着，旋转着，叮当作响。每个山丘长满了针茅，盐湖像交响队里的圆钵，发出欢快的声音。天鹅和野雁在碧玉色的天空中飞翔。到了晚上，天空变成了樱桃色，步枪上的刺刀变成黑曜石似的颜色。我心情压抑地想着步枪上的刺刀。

我掉队了。

我们的团大部分由马扎尔和塞尔维亚人组成，我们在巴拉宾斯克草原南部行军。我厌倦了这里，马扎尔人怀着我无法理解的热烈的激情，他们对不为人知的地形侦查犹如饥肠辘辘的人寻觅午餐，之后便昏头涨脑地返回，他们长这样的眼睛实在不怎么样。在我看来，他们这样做的目的就是为了蔑视我们，因为俄罗斯人在家乡时的表现并不是那么勇敢，而在离开家时他们就无所畏惧。

红霞万丈的天色里我再次看到自己的俄罗斯刺刀上特有的黑曜石色。

到了乌茨克小河附近，我遇到了鄂木斯克工会大营。瓦西卡·科列斯尼科夫，一个花花公子，乐天派，发号施令，后来在库木隆的一次起义中死了。早些时候，在革命之前，我刚好和他在印刷厂一起干过活，他是一个不折不扣的小气鬼。我记得曾有一个测试，一个新来的爱喝葡萄酒的人要喝二十七杯伏特加酒，喝到第二十七杯的时候，身体出现了异常，这当然也是正常的。瓦西卡也没有例外地中招了，毫无疑问，他在这个方面的表现的确很糟糕，后来我们换了他，他被转移到别的地方去了。

然而瓦西卡成为了不起的政委了,他又快活又聪明,他把自己的团的露营地在草原上排列开,就像一盒打开的香烟,干净、整齐、清新。就这样,阿尼卡·萨别卡就成了瓦西卡·科列斯尼科夫的书记员。

他是在哪里找到这样一个大胆的名字以及更豪壮的姓——伟大的盖特曼,我始终也没弄清楚。有一次我对他讲了盖特曼的事,阿尼卡快速地摸了一下头(我发现,有些自卑的人总是要摸头),然后很平静地说:

"从本质上来说应该算是一个亲戚,虽然我的父亲也想不起来那些亲缘关系了。我父亲喜欢吹嘘,他过去总说,瞧瞧,他爸爸,他的父亲还是突厥斯坦的总督哪。"

三天后他再次谈起了有关盖特曼的事,阿尼卡被任命为三连的指挥官,而我被安排到那里去管理军需粮草。我认为,科列斯尼科夫坚持用我做翻译的原因是,他是自视甚高的人,你很难与他交好,跟他在一起的必须是技术最好的拼版工,虽然整个团里人们从来也没听说过拼版工这个词。对于我来说,负责管理食物是一羞辱性的任务,于是我告诉阿尼卡,我母亲的祖上是波兰贵族。

"人像斧头,朋友,进森林时回头看,出森林时还是回头看,所以我不喜欢过去的这些比喻。我的朋友都奔走在你我的祖先走过的同一条路上。"

萨别卡在羊毛地毯上抻直自己瘦削得有些扁平的身子,平静地望着湖面,缓慢地倒出点儿铜锅的茶水。而我不能喝茶的,我们到湖边时,车轮的轮毂都被草磨得干燥了,发着亮光,湖水就像装盐的桶沙沙作响,连马儿也不喝这个湖里的水。我们想,可能是水很咸的缘故,而试过之后发现并非如此。湖水很浅,人们开始用棍棒探测,于是这才发现了五具尸体，他们的脖子和膝盖坠着石块。根据黑发和小胡子可以判断出这是些马扎尔人。不远处有一个富裕的村庄。像我一样掉队的人找到了路，他们村里的农民们去了他们认为更好的地方。

春季绛红色的涟漪在湖面上荡漾开来，步枪上的黑色刺刀映照在湖水里，像极了樱桃色天空里盐湖里的芦苇。

"所有的祖先直到第七代我都瞧不上——接下来的我不能再骂了。我自己也想成为祖先，而且非常简单——现在可没机会了。昨天，科列斯尼科夫把我叫去对我说：'听说你放倒而且强暴了一些资产阶级妇女，这一传闻都传到我这来了。'我回答他说，我并没有强暴，她们跟我都是一见钟情。'当心，'科列斯尼科夫回答道，'当心，阿尼卡，出于友谊我坚持任命你为第三连的指挥官，可我也可以轻易给你一颗子弹要你的命。'坐下吧，我跟他说，'只要不打脸，后脑勺打漏也不要紧啊。'谈话到这里就结束了，现在这种谣言又到处传播了，说我只要冲进资本家的地盘，马上就去找女人。浑蛋！"

从这里到柯兹洛夫斯基小村庄大约一百里。我在他们那里的小村庄附近出生并且长大的，后来又成了那个小村庄的一个雇工。我是成年的小伙子，十八岁晒得黝黑，又很消瘦，心里热得啊，像在屋子里面点燃了柴火——外表却看不出来。到了夏末，小村庄里农忙，雇了很多人，农妇们，姑娘们，聚来很多女人，这些地方的女人们胸脯高得像干草垛——又香又软。哎，这香味可真把人折磨死啦。夜里人们都睡在稻草上、井盖上、推车上，咯吱声、喧闹声一点不比白天少。白天马都热得大汗淋漓，夜里是女人们冒汗。我不喜欢这个环境，原因很简单，没有一个女人注意到我。

我是个健康的小伙子，就是有点腼腆，那又怎么啦。我们因为没受过教育，因此就受尽折磨。要做什么事，你想想，你看着很近，就像在鼻尖那么近，可就是做不了。我纠缠过一个女人两个小时，可她直接抡圆了胳膊，一下子把我打壕沟里了。我难过得连肚子都痛起来了。

那里有个干活的厨娘，绰号叫巴拉斯凯维娅星期一。脏兮兮的脸上还有雀斑，纯粹是猪肉做的面盆，任何人都不会觉得她漂亮。我不知为什么去了趟厨房，她正在往烤箱里放铸铁，我看看她那儿为谢肉节准备的东西……唉，我想，虽然丑，但谁也不是跟脸生活，而是跟人生活的嘛！这下子我存了十八年的资产都显露出来了。不知是我没有按时到她那里去还是她这个肉做的面盆没喜欢上我，她就生气了，她转身就用炉叉拦腰对付我，真让我感觉到那种女人的痛了。于是，也就是说，我也忍不住了，我立刻挥拳打得她披头散发。之后，她把这件事告诉了我所有的熟人，当时大家都在板棚里面吃饭，那里有一张可以坐下五十人的大桌子，大家笑得似乎连桌子都战抖起来了。随着日子一天天过去，姑娘们对我已经逐渐习惯了，不管怎么样，她们还是怜悯人的，也开始稍微理睬我一些了……出了这事以后，大家见我都嘻嘻哈哈的。这个事之后我就开始浑身痉挛抽搐，眼冒金星。我看着女人，忽然就觉得成了这副样子——嗯，我穿的是一件羊皮袄，总是做梦，梦得都很奇妙：女人都光裸着，都那么随便，她们也没有受什么伤……那些梦总是这么结束，仿佛我是根原木，人们要在大热天里沿着颠簸的路把我送走。这种痛苦折磨真是可怕啊！有一天夜里我差点用牙咬开马车的前轮，嘴里似乎有一股沥青味。梦想着成群的美女，没有战争，而这一切在颠簸的道路上惊醒了。

可那厨娘一直盯着我。她可真是个狡猾得不折不扣的婊子。我不明白她为什么一直跟着我，我完全被她弄得头昏脑涨啦。总之，厨娘巴拉斯凯维娅星期一经过打谷场时，我正在打谷场上呢，想到把马从脱粒机那里卸下来……

总之,她往我这看了看,就跑去找东家了。听说,她说她经过打谷场,而天晓得阿尼卡在鼓捣什么呢。"你说他到底在干什么?"东家问。"是,"厨娘答道,"那就直说了吧,他把母马伏罗拉卸下来了,还在那安了个小椅子,他就趴在那个椅子上。"于是,东家当然就大喊大叫起来,胡子直哆嗦,一把抓起墙上一支不知道什么牌子的老步枪。外面天已经黑了,仆人提着灯走在最前面,他后面跟着厨娘,厨娘身后跟着拿着枪的东家柯兹洛夫斯基。

人们来到打谷场上,而我就是那个罪犯,听到叫喊声和杂乱的脚步声,看到不合时宜的灯火后,我跑了出去,简单点说,就是我躲起来了。小椅子倒在打谷场上,伏罗拉拍打着耳朵。东家看了一眼那个无辜的伏罗拉,用让人听不懂的法语吼叫了起来,步枪的砰砰声震耳欲聋。

他们在找我,他们在找我——这都是徒劳的。天快亮了,小伙子们偶然碰到了我。我坐在马路边上,百无聊赖地看着河水,他们害怕靠近,从远处惊恐地喊着,"你要没命啦,阿尼卡!就剩一件——赶紧从岸上跳河里吧,快点儿。""好吧,"我回答他们,"如果说,我以前没投水自杀,那是我还没弄懂生命的意义和禁果的甜蜜,现在我明白了,但我会去了。"


我自己不知道我能做什么,打算去做土匪吗?但是土匪在哪儿?草原四周都光秃秃的,像个硬币一样。武装守卫的每个灌木丛都是计算过的,我手里有的家伙就是一根雏菊棒,简单说,在忍受了逃跑的担惊受怕后,我去了城市,从那时起我不得不快速去投军打仗,从那儿起……

阿尼卡挺直了腰杆,扭动了肩头,我猜想,他要开始吹牛了。

"你骗了我,阿尼卡。"我说道,便大笑了起来。

阿尼卡恼怒地扯下一绺艾蒿，在手掌里揉碎了扔到地上，突然有块土掉落到羊毛地毯上。

"说哪去啦，朋友，我谎话说太多啦，我谎话连篇，我自己都够笑好些日子的。真话也是连绵不断的，就像这湖边的艾蒿一样。"

他专注地看着我，声音嘶哑地说，"科列斯尼科夫很快就会杀了我，为了事业而杀人，不会朝后脑勺哦，而是朝太阳穴。麻烦事就跟这预感一样总跟着我。瓦西卡个性乖张……而且他不该审判我，他只能在非同志审判会上打死我，还是单独的场合。"

他把土收在一只瘦骨嶙峋的单薄的手掌里，然后把它们撒到艾蒿上。

"盐碱地，你过来，瞧瞧，盛产艾蒿啊。我这是第一次有合适的时机弄清楚贵族老爷的本质，我和一位太太睡觉，那时脑袋就好像气泡，因为血气方刚给吹大啦，连思维都混乱了，就像冻土带上生长的乱草一样……可那是多么鲜红的草啊，朋友。我躺着就差点大喊起来，'你看，阿尼卡，你都走到哪里去啦，你达到什么高度啦。'也因为我的血性和自负，那太太后来甚至用担架抬走的。人们没抱怨什么，你懂的。"

他快速地摸了摸我的脑袋，缩了一下，大笑起来。

"对她的上帝来说，人们不抱怨，甚至觉得满足。可我怎么能向同志们解释这个一见钟情的意义，如果必须用长久思考和隐私来解释的话，瓦西卡·科列斯尼科夫会杀了我。"

"也许，会杀。"我附和道。

阿尼卡思索着用手指从毯子上拔出一些草茎。

"死是不愿意的，主要的是，所有这些喋喋不休的谣言都没有得到证实，但是我却无能为力。"

这时传令兵跑到毡毯这边来了，给阿尼卡一张纸条。阿尼卡趴着读了很长时间然后递给了我。科列斯尼科夫下达的命令（命令都是用粗字体写的）：鉴于情报和捷克人靠近我们阵营，集合向西北方的维蒙河山谷和萨雷库尔湖转移。

阿尼卡仔细地把纸片叠好。想了一会儿，犹豫着把它放在弗伦奇式军服①的左边口袋还是右边口袋，他把纸条在手里把玩累了，最后决定放在左边。

"我是不是告诉过你我对自己担心的事都会有预感？你看，事实真的应验了，我们得直接去该死的柯兹洛夫斯基。我的动荡人生就是从那里开始的。老爷就住在那儿，他的老婆就是军官家庭，儿子是白军那边的……这就是我的归宿，总之，得收拾一下。"

两天后过了盐碱地，我们又进了桦树林，接下来我们见到了高大的密林，那里的白桦树有两人合抱那么粗，树根处冒出来一簇簇的蘑菇，树洞里黄蜂嗡嗡地鸣叫着。抓住一只柔弱的蜜蜂放进烟荷包里时，我记得阿尼卡说，再过三天就到柯兹洛夫斯基村了。村子里农民们看到我们都很不客气，如果问他们："你支持哪个政权？"他们就会这么回答："现在政权多得像走马灯，我们现在是割草政权。"也对呀——当前是该割草了。正午时分我们看到白桦树林中间山坡上的地主宅院：窗户上装饰着怪模怪样的青铜花纹的粉色房子。低矮的砖砌院墙几乎要淹没在荨麻里了，铸铁的大门上白绿条纹的西伯利亚的旗子飘荡着。映入眼帘的是挖得不像样子的壕沟；五个不知什么族的矮个子从沟里爬上来，连连蹦跳着，跑到大门那边去了。

"这就是柯兹洛夫斯基家吗？"我问阿尼卡。

"柯兹洛夫斯基远着呢，我们明天才能到，这是斯特烈别托夫将军

---

① 弗伦奇式军上衣，因英国元帅弗伦奇而得名，束腰，有四个贴兜，后面有扣带。——译注

的村子。"

几个红军战士领来一个穿着麻布衣服的半大孩子。这个小伙子采了草莓,他好像担心我们会抢他的草莓。

"那个将军在这吗?"阿尼卡问。

"在呢。"男孩赶忙说。

"全家都在?"

"啥?"

"有婆娘吗?"

小伙子捋了捋盖草莓的牛蒡叶子,同情地笑了一下。

"这里婆娘要多少有多少。你们是来帮他们的,是吗,帮将军的?啊哈!"

接着阿尼卡含糊不清的吼叫响彻了一路,他扁平宽大的嘴巴都被薄薄一层浑浊的唾沫盖满了。他在快速的吼叫时还伴随着发狂一般的骂人话;呼吸都受了影响,两鬓沁出了豆大的汗珠。

我们这个连是先遣部队,阿尼卡勇敢机警,他带着先头队伍前进。很多马扎尔人都曾嫉妒过他的勇敢吧——这个念头在我的脑海里一闪而过。我不喜欢打仗也很害怕打仗,但是带着步枪在田野里奔跑却又有一种酣畅的感觉。没长成的小麦缠着脚,湿润的泥土沾在鞋底上。都能看到远处高大的白桦树林的树干了——我觉得,子弹要打在大钟的细十字上了。要死就死吧,只是不能像父亲那样亲吻十字架了!

白绿条纹旗子处的枪声很快就停了,只是庄园房顶上还有两挺机枪在猖獗地吼叫。我们用枪打掉了大门——不是出于某种需要,因为只要打掉门锁就可以进门了——而是为了要制造更大的恐慌。院子里的大车上装载着各种东西(准备逃跑用的),院子里的鸡乱窜着,狗狂吠着。在一块修地窖用的刚运过来的新鲜木板旁倒着那面白绿条纹旗子,一个戴眼镜的长头发的男人站在旁边，把手高高举过头顶。他外套的袖子很短，我不由得开始可怜他了。我记得自己跟在阿尼卡后面跑过去大喊了一声"放下手"，可是他并没有放下。阿尼卡挥舞着左轮手枪向投降的人们询问着，突然挥拳打了一个穿上尉军服的胖子，打在他的牙上了。上尉倒了下去，他主要是因为恐惧而不是疼痛倒下去的。人们仿佛是一只手指引着阿尼卡走向凉台。他裹紧大衣的下摆，摇晃了一下，咳嗽完了，仿佛想起了一句忘记了的话似的，命令我登记俘虏：

"我亲自跟主人谈，亲自……谈谈。"

他那双不安分的手毫无章法地全身胡乱撸了一下，我赶忙跟上他。凉台的木板发出吱吱声。在那里我们看见一个高个子的老头，他穿着长款的将军式的常礼服，不过肩章被撕了下来。他的旁边，一个明显刚哭过的老太太正用手揉着披肩，老太太跟前是她的女儿——皮肤黑黑的，大概有十九岁，眼神里充满防备，看起来却又像是个活泼开朗的女孩子。姑娘穿着灰色印花的连衣裙，还围了个小围裙，可能是在我们到之前倒茶的时候围上的。阿尼卡一把抓住老头，他那扁平的手好像代替了被撕下来的肩章，推着他走进书房。他身后，老太太和他们的女儿抱在一起。擦了擦冒汗的脑门，揉了揉抽筋的眼皮，阿尼卡把我从屋里撵出去，不大一会儿，他也从里面出来了。那个姑娘头有些微的发抖，沿着走廊向前走去。窗子很宽大，阳光明亮地照进来，她的脚步声显得很轻盈。他忽然转过身拿起手枪冲着我喊道："你怎么还在这儿，你干吗?!"

他整个人都在哆嗦，嘴唇突出来（我们称之为"犬牙"）。他未必还认得了我。

"阿尼卡，我们回去吧。"我说，浑身也有些发抖。

"你敢！混账！命令！叫瓦西卡到这来！要瓦西卡……你到底是什么人？"

姑娘转过身来,她脸上平直的如同火柴般的细眉一下子燃起了热情。阿尼卡一下扑进敞开的门里,白色的看起来很柔软的大床,褐色的床头小桌,上面还铺着一本翻开页的书——这些场景在我面前瞬间闪了一下。锁头咔嚓一声,同时耀眼的太阳光刹那间就照进了屋子。

蓝色琉璃的门把手是圆的,因为被经常拉拽已经不那么灵活了,就像拐杖那么颤动。我用鞋跟踢了一下门,从卧室里就传来号啕大哭的声音。我开始用拳头砸门,突然传来了一声短促的枪响和女人的尖叫声,非常短促,接着就是死一般的寂静。子弹斜着从我头顶飞过。

我决定再最后试一次。

"阿尼卡!你为什么骗她?将军被杀了!将军的随从杀的……"

我叫喊的声音越大,走廊里的光线就感觉变得越暗。我觉得,我的声音传出很远,很快就和女人刺耳的尖叫声混合到一起。但就在这时,沉重的脚步声制止了我的喊叫,似乎是一群拿着来复枪的人来了。

我认出他们是红军,在最前面的是瓦西卡·科列斯尼科夫。他穿着簇新的皮夹克,脖子上挂着双筒望远镜。英姿勃勃的瓦西卡,用手一指卧室的门,红军就用桌子砸开了门。我们看到闺房的床上仰面朝天躺着阿尼卡,他的纽扣被粗鲁地解开着,棱角凸出的膝盖上长满了红褐色的体毛,血液正从左胸口渗出来渐渐把军装染透,青铜制的刀像烂黄瓜一样被扔在掀翻的床头桌子边。阿尼卡已经咽气了,被杀死了。阿尼卡没有兑现自己的预言,没有看到柯兹罗夫斯基的小村庄。

女人身上盖着蓝色凸纹布制的被子,一直卷到喉咙处,在宽大的扶手椅上躺着,只占了一小块地方。亚麻布椅套的皱褶向上堆着,可以看清上面波纹绸的粉色的面儿,上面还绣着银线。科列斯尼科夫把手插进裤兜里对女人说:"无产阶级的正义法庭知道应该惩罚谁,它会宽容的,公民,就算你去勒索他,或者试图用这卑鄙法子让他承诺保住亲人性命，这么做也是徒劳的。去看看你父母吧，他们以为你被杀了，正号啕大哭呢。"她依然还是像原来那样用被子裹着自己直到咽喉处，起来走了出去。她的步态和面容有种异样的感觉。为了给她——一位母亲让路，我们把枪往墙边靠了靠。我和科列斯尼科夫两个人把阿尼卡的尸体运到草原上，埋到小山丘里。科列斯尼科夫一句话都没说，我用力握了握他的手，他明白这是为了什么。把斯特烈别托夫将军和他守卫村庄的手下们送进了城，大部队又继续向前行进，继续行走在茫茫草原，盐地，艾蒿丛和荒漠中。

几年后，我在奥姆斯克城的留滨斯基大街上偶然遇见了那个女人。她神色严肃，身材笔直，周身笼罩着死寂的哀愁，衣着极为朴素，她身前有个男孩正挣脱了她纤瘦的手，他扁平的嘴唇突出来，我们也叫作犬牙，而他的步态看起来很像阿尼卡。

她没有认出来我，我也没叫住她。即使叫住她又能怎么样呢？

# 父亲和母亲

## 1

没有什么比讲述自己的经历更让人痛苦。

也没有什么比相爱更让人快乐。

在哈拉和林的石头堆上(这里在很久以前是拔都和成吉思汗的大本营)如今只剩沙子和风。我随着风来到这里,走过这里。

所有的事都已成过去,然而痛苦过后的欢乐却开出了一望无际的花。每逢春天绿草茵茵!每逢秋天鹤群飞往埃及。

## 2

我已经七年没见过父亲了,在1918年的夏天终于见到了他。他从学校的栅栏里走出来迎接我,瘦得皮包骨的身体上晒得干裂了的嘴唇微笑着,抱怨地摸一摸我的用麻布袋缝的裤子,哭了起来。他天生苦相,仿佛一辈子都在哭。

而我的脑海里却对他的记忆无影无踪,于是欢乐也从未光顾过。还记得逃出鄂木斯克的前一天:一辆辆大车载着死尸沿着布满灰尘的、闷热的街道行驶着,我数了数,足有七十辆,之后我走了。我的一个朋友,忧郁的幻想家,也是告密的家伙索罗金说:

"是捷克人结果了他们。"

也许他们是被枪决的,即使不被枪决也会死在库拉姆金城外的战斗里。

清晨,这些尸体就被匆忙地运走了,额尔齐斯河边淡红色的灰尘环绕着尸体,然后慢慢降落到尸体上。这些灰尘也落在我身上,我也是一具尸体,只不过我是一具会跑的尸体。

母亲的肚子勒得紧紧的,向上鼓出来,她那张气色很差的脸,就像秋天的枯草般发黄。她静静地看着我,问道:

"你现在叫什么名字呀?"

"瓦西里。"我回答。

她似乎吓到了一样地沉默着:我有另外的名字和另外的姓氏。在他身后我的弟弟帕拉季笑得像个白痴,笑得很难看。他细胳膊细腿,但是却有一个像打了气的肚子(由于他的脾肿大,疟疾,饥饿),他的眼球是灰蓝色的,但是眼珠子是黄色的。

"嘿嘿……嘿嘿……"他用鼻音笑着,发出刺耳的声音。

母亲把我随身带来的手枪藏了起来,它是给缝在羽毛被子里的。

父亲,他叫维雅切斯拉夫·阿列克谢耶维奇,担心地指了指用来储存过冬粮食的库房,从下到上一直打量到我的眉毛(我比他高一头),说道:

"住一段时间吧,瓦西里·谢苗内奇,啊?……你到底起了多少个名字,你可真阔气啊?"

## 3

来到这里三天了,到处蔓延着额尔齐斯河沿岸哥萨克村庄的气味:动物的巢穴的臭味,肥尾羊的腥膻,晒干的石头的碱土味。

我去打猎了,带了十发子弹,口袋里塞满了鸭子,还剩一发子弹忘记取出来。晚上,当我坐在棚子下面写小说的时候,帕拉季调皮地拿着枪瞄准父亲，扣动了扳机。

父亲躺在了桌子旁，他的粗麻布衬衫满是鲜血：子弹就打在他的脖子上……灰蓝色的苍蝇穿过窗户向这些鲜血飞来，落在他那还在耸动的脸上。

后来弟弟蹲在厨房清洗葡萄干，这些葡萄干是为了在葬礼后的酬客宴上而准备的，当我走进厨房的时候，他叫着：

"弗谢沃洛德，这应该是最大的葡萄干，啊？"

被我打死的那些鸭子也追悼了亡魂。他们给那些有额发的哥萨克吃了，这些哥萨克被以死相逼，哭爹喊娘地接受了洗礼，改信基督。他们对帕拉季发霉的笑声感到厌恶。

他们对母亲说：

"但愿您和您的两个儿子，离开……可能，他是你的儿子……谁也不认识他……而他的父亲，瓦西里耶维奇，拥护沙皇……谁知道弗谢沃洛德是怎么想他父亲的。"

于是我又一次逃离了。

## 4

草原。浅蓝色沙土地的气息。厩肥砖。在沙丘上生长着戈壁梭梭，在戈壁梭梭的头上站着老鹰，老鹰胸前的羽毛又皱又乱，它正在脱毛。

母亲和弟弟帕拉季坐在马车上。我的母亲叫伊琳娜。道的两侧是被齐根锯下的电报杆，一块块金属丝线——偌大的谢米列奇耶城的街道。

在大道的叶榆丛上——挂着人的肠子。它们已经风干了，老鹰和风摆弄着它们，弄出沙沙响的声音。这些又细又干的绳子是人的肠子……谁会用这些绳子来玩呢？

"哥萨克与新迁来的人争土地打起来啦。哥萨克抓住这些新居民,哥萨克拿着小棒子捅这些新来的人的肚子,把肠子缠在一起,止不住地哈哈大笑,笑得前仰后合。"

"那这些新来的人呢?"

"新来的人也抓哥萨克人,也一样用棍子捅这些哥萨克。因此路的一边是新居民挂的肠子,另一边是哥萨克挂的肠子。瞧,有多少……"

这种受洗的习俗,即滑稽地把人的肠子放在太阳底下晒干,是从成吉思汗的蒙古人和泰米尔的土库曼人那里效仿来的。

前面是一支很长很长的吉尔吉斯人的车队。没有上油的双轮大马车吱吱作响,骆驼缓慢地迈着步子,吉尔吉斯人不看我们,只是固执地朝西看。当我们超过他们时,他们就像没有眼球一样:只有某种灰色的罩子。

母亲对我说:

"吉尔吉斯人为了躲避瘟疫逃跑了。"

"去哪里?"

"谁知道他们呢。可能去中国,也可能去印度。他们,走着,连他们自己也不知道去哪。没有什么可吃的东西,就流浪。"

到处都是沙子,不知怎么头上天空也换了颜色,那种黄蓝色,就像沙子一样。在叶榆丛中条状的肠子仿佛奔腾的流水。我们超过了吉尔吉斯人的队伍,然后又一次次被落下。还是那样的天空,那样的沙子,那样的小山丘……

吉尔吉斯人拖着步子,骆驼,大马车在我们后面走得很慢,慢到几乎都没有灰尘升起。沉默着,什么也不看。走着。

我们也走着。也想沉默,但是不可能:我知道去哪,而母亲却害怕我将去的那个地方,也害怕我将投奔的那些人。在这时候我们急促地说着话,开始是她,然后是我,她身后跟着肩上盖着粉红色花纹席子的帕拉季,他边笑着边发出尖叫声。我们走得越远,他笑的声音越尖。

"嗨嗨……嗨哈……"

## 5

过了一天,又过了两天,早上晚上都是一样的:沙子、叶榆丛、吉尔吉斯人。吉尔吉斯人的骆驼也累垮了,他们丢弃了骆驼,确切地说是没有看见它。在大板车上有三个孩子,他们也被抛弃了:他们没有力气,走不动路了。然后从队伍的一辆大车上慢慢地爬下一个女人。

"这是什么人啊?落下的女人吗?"

"是个孩子妈,应该是。"

我停下大车,走到了吉尔吉斯人的车边。吉尔吉斯人的孩子大大地张开干涸的嘴唇,在草地上喘着气。一个吉尔吉斯女人,双腿盘着坐在边上。暗色盖头巾从她的头上滑落了,她的头发散发着马匹气息。

"他们快死了……不吃不喝。"

我说:"应该带着他们和我们一起走,妈妈。"

"马只能勉强拉着我们,要好好想想。"

"我们把箱子扔了吧。"

我向吉尔吉斯人的孩子俯下身想抱起他们,吉尔吉斯女人爬到我跟前,紧紧抓住孩子,低声说:

"……走开……走开……"

我说服她并向她解释。她瘪着嘴,在沙子上划拉着,憎恨地看着我的腿。突然她跳起来,她灰蓝色的指甲抓伤了我的脸。母亲抓住了她的头发并用沙子打她。她们撕扯着,抓挠着,互相打着,我拉不开她们。

而我的弟弟坐在大车上,挥动着又细又黄的手臂,像老鼠似的笑着:

"嘿嘿嘿……"

吉尔吉斯女人和孩子们留下来了。母亲再次坐上马车,坐到弟弟身旁,她胆怯地望着西方,不说话。

从沙子里散发出干燥的、蓝色的气味。在电报杆子上站着胸前裹着仿佛一块块破布的金雕。

榆叶丛。骆驼。傍晚。

没有什么比讲述自己的经历更让人痛苦……也没有什么更让人快乐……

关于两匹良马的故事

从陡峭的悬崖望出去看得到水草丰富的亚伊克河①上破旧的哥萨克钟楼。河岸上老鹰伺机啄着鱼儿。清晨,老鹰们鲜红的如同玫瑰般的喙张开着,一只黄鼬从轮船的船头泅过河面。我从栏杆上弯腰,端详着它的丑脸看了又看,想着再做个武器的事。而它,对着轮船呼呼地喘气,小心翼翼地抖落爪子上的水滴,快速钻进牛蒡叶子底下去了。

轮船——算不算得上一大怪呢?今年神圣的亚伊克河平生第一次见到轰鸣的螺旋桨。这条乌拉尔河从古里耶夫(哈萨克)到奥伦堡延绵一千多俄里。至今哥萨克人也不让内燃机轮船开进自己这条河:他们说,鱼都给吓坏啦。我真走运,有机会看到整个镇子的人都放下手里的活跑去看轮船的盛况。

一位穿着绿色卡扎金②的老大娘,一大家子人簇拥搀扶着她走向轮船。老大娘应该是去乌拉尔斯克治病的。对轮船老大娘感觉万分恐惧,她朝着破旧的钟楼伴着汽笛声庄重虔诚地画了几个十字。

老大娘好久没吭声,她并不想跟我聊天。然而后来,当我和她讲起,我们在额尔齐斯河上怎么撒网时,她就教我怎么能捕到鱼,立网上应该有怎样的"猫爪"。顺带着她把西伯利亚的哥萨克给大骂了一顿,到了傍晚时,当钟楼和悬崖隐没到深蓝色的暮色里,周围散发着已经解冻的冰水和百里香的气味时,阿格拉费娜·彼得罗夫娜便开始给我讲起

---

① 乌拉尔河的旧称。——译注
② 19—20世纪初期俄罗斯人的短外衣。——译注

自己家里发生的不幸。

你想必还不知道我们这个家族,我们的家族在姓氏上是属于热列兹诺夫这一支,这个姓在整个乌拉尔河一带可是很有名的。据说,我们家族起源要么是个叫拉辛的大司祭,要么是源于另一支,我们的祖先——叶夫格拉夫·热列兹诺耶是养马的。他养的那种马是来自希瓦(乌兹别克斯坦城市)的品种,价值连城。我们的畜群究竟有几百头,我已经记不清了。我的妈妈,愿她天堂安好,她穿的裙子都用印度的珍珠粒镶边。我们家还有一座两层砖瓦的房子,带铁房顶的。

孩子嘛?我有许多孩子,大多数都是闺女,只有两个儿子——叶戈尔和米季沙。叶戈尔有着一头淡褐色的头发,太阳一照,就像褪色了的干草一样;而米季沙是黑色的头发,比纯正的吉尔吉斯人还像吉尔吉斯人。他们相差两岁,但是一起上的学。他们也一起干家务活。叶戈尔沙要去当兵之前,亲自送给他们两匹脚力最好的小马驹。上帝啊,他比最狡猾的茨冈人更明白,马脚力好是多糟糕的事。叶戈尔的马名叫谢尔卡,而米季沙的马名叫伊格林卡。就像童话故事一样,小马驹长大了。据说,在战争中将军在阅兵时看到我们的良种马,问伊戈尔:"这种良马要用什么喂?据说是用燕麦喂吗?""用我们亚伊克河地区的粗粒燕麦喂。"将军吩咐副官登记下这种燕麦,以便可以喂养这匹将军喜欢的马。

我已经想不起来马有多少次救了哥萨克人的生命,单就那一次米季沙的马运送团里的物资出去,避免了德国人的俘获。单就这件事就获得了两枚格奥尔基勋章。

秋天的时候他们被放回来了,或者他们是自愿回来的——我也不清楚。那时到他们那里去——简直太开心了。他们在院子里溜达,一个——向右,另一个——向左。而当他们碰到一起的时候,米季沙摇晃着胸前的十字勋章并喊道:"他们说,为沙皇,我奉献啦,可我的信仰不可触碰！财产，粮食，都不想同吉尔吉斯人和其他的狗杂种一起分享。"

然后他们开始高声争吵，仿佛他们不是兄弟，上帝知道他们是谁。我哭了一回又一回，我在圣像前点着蜡烛祈祷，"让他们的心平静一下吧，上帝呀。"——我说，我还是不懂，一直不懂：怎么了？因为什么？他们的心越来越远。于是我对米季沙说："你们两兄弟要分家还是怎么样？"他立刻回答："我不想，那样家产都败光了。"而叶戈尔，立刻喊道："把财产分给所有的人民！"他长得像谁？整村子的人都弄不明白。

还有一件不幸的事——叶戈尔的媳妇长得十分漂亮：脸蛋像牛奶，那么的白净，本人长得很高，赶马赶得比男人还好。她看中了米季沙的勋章，还是怎么的——反正开始同他窃窃私语。我已经用清扫烟囱的弹子把她狠揍了一顿，可她却瞪大眼睛看着我，说道："你这个老妖婆，还是好好看住你的儿子叶戈尔吧！他去参加布尔什维克，会给我们整个家族带来灾难的。"那个时候我们都不了解布尔什维克。

休假的哥萨克兵坐着车从一个村跑到另一个村，喊着应该平分军官的财产，这些想法是不久前才有的。有一天哥萨克村长来到我们家对米季沙说："集合，带上粮草，勇士，去村镇管理委员会，城市里到处都是士兵，他们要学普加乔夫起义。必须捉住他们的头目。"

叶戈尔那时候正在城市里。米季沙戴上所有的十字勋章出发了，甚至连看都没看我一眼。

他们究竟出了什么事，我也不知道。米季沙回来了，他穿着毡靴直接就爬上了高板床。过了不一会儿，另一个儿子也回来了。他从门外喊道："米特里·热列兹诺夫，从床上给我爬起！我要逮捕你，因为你参加反对人民政权的暴动！"

米季沙默默地从床上下来。在我们家炉灶上总是放着一些正在烘干的劈柴。米季沙站起来，脚踩在劈柴垛上，然后他跳起来，手里抓着一块劈柴，向他兄弟的头部砸去——先生，是亲兄弟啊！然后他逃跑了。还好，叶戈尔戴了一顶吉尔吉斯人的棉帽。叶戈尔哎哟一声倒下了，过了一会儿，不知怎的，他又爬起来说道："你无处可逃，你逃脱不掉惩罚！我去把马锁起来。"

我们家有一间上着铁门闩的马房。我抱住他的胳膊，他拉开我，还亲切地对我说："别担心，好妈妈，我要成为全民族的英雄，社会的拯救者！"

于是他就跑出门去了——有那么一会儿，非常安静。

我刚刚明白过来，他已经出去了。我听见他在院子里叫嚷着："谁敢给他开马房的门，我有一把钥匙，另一把——我妻子有？"

他看了看自己的媳妇，捻着胡子说："你把他给放走了，该死的，那个杀人犯，叛徒。再见！"我想，更让叶戈尔大动肝火的是，叶戈尔的妻子把良马谢尔卡给了米季沙。这匹名叫谢尔卡的马是万里挑一的好马，能与它媲美的也只有那匹名叫伊格林卡的马，米季沙曾经骑着它得了两枚十字勋章。叶戈尔牵出剩下的一匹名叫伊格林卡的马，拍拍它的脸颊，静静地骑上去离开了，看都没看他的妻子一眼。

听说在那天夜里我们城市发生了政变。叶戈尔的军队在这场战役中取得了胜利。哥萨克跟随着将军退守到河边。叶戈尔率领全部剩下的人去追击他们。十一月雪又大，天又冷。循着雪上的足迹，就可以得知哥萨克逃跑的方向。叶戈尔在鲁日峡谷附近追上了他们。"投降吧，该死的，否则我用机枪把你们全部射死。"而将军的哥萨克军队却军刀出鞘，拼命抵抗。就这样，叶戈尔的士兵开始一批批倒下。哥萨克兵就这么砍杀着，射击着，突然叶戈尔眼睛被雪迷住了，他什么也看不见。叶戈尔想要下达撤退的命令，因为他意识到，他战胜不了将军的哥萨克军队。

正在这时他身下的马开始嘶叫起来,伊格林卡。而在敌人的队伍里另一匹马也回应着。你瞧,这两匹马互相认出了对方,他们是谢尔卡和伊格林卡。

叶戈尔把头向后一仰,大声问道:"是你吗,我的兄弟米季沙?""我。"对方回答道:"是我!"

叶戈尔穿过所有的哥萨克士兵飞驰向他的兄。"哎呀,该死,米季沙,别了,你这个叛徒,我为你羞愧,为整个哥萨克大家族羞愧,你就死在我手上吧。"然后叶戈尔用军刀刺向了他的眼睛。

然后怎么样了?……嗯,保皇派哥萨克军队害怕了,投降了,要知道,连自己的兄弟也不怜惜的人,大概真理就在叶戈尔一边,怎么可以同真理作战呢,真理必胜啊。

叶戈尔掏出他的左轮手枪,走到马驹谢尔卡跟前。叶戈尔对着那匹马说道:"你是马,你是一匹灰色的马!你驮过我,也驮过我的兄弟。你会令我这一生都想起这个叛徒。我也可怜你,但是所有人看到你就会感到可耻。永别啦!"不论大家怎么劝说,他自己也是含着热泪,可他还是把马给枪杀了。

我的心从那时起就像长满了艾草。永远都发苦,心里面一直在流泪,从来没干过。

# 斯莫卡金的日子

常年战乱后的最初两年,村子里来了一批木匠给富农安菲诺盖涅夫家建新木屋。原来的新木屋在战争中被烧毁了,于是他们成了很多人嘲笑的对象。时而木匠们大喊,因为革命斧子都变钝了,要知道这些斧子曾经砍下过多少人的头颅啊;时而又说——现在用它们砍杨树,真不习惯啊,他们已经忘记了松树和杨树有什么区别;时而——说一些难以理解的士兵间的俚语。总体上看,他们还是很高兴,新时代来啦,所有的建设和工作都有用啊!他们在堆满黄色原木的山冈上行进着,寻找着上好的兹拉托乌斯特斧子。

建造木屋的是自己人,本村的叶甫格拉夫·斯莫卡金,他是一个有名的矮个子大脚老头。叶甫格拉夫被战争给吓怕了,饥饿、不明所以的苛捐杂税,然而更使他忧心忡忡的是,停顿了这么久,又开始做承包的活。他曾经为合作社干过制作长凳的活儿,定好第二天收钱,可合作社收了货却破产了。这事诉讼到法院,也没弄明白谁有错,该处罚谁。从此以后他彻底不相信任何人了,他自己付工人工资并且要求提前付款。在建造木屋前夕,他突然生病了,或者他只是装装样子,目的是让孩子们学习如何干活。他打算让自己的小儿子季马来做监工。

脸色绯红、天真无邪、嗓音洪亮的季马感到很无聊,监工无非就是催促木匠们干活时手脚快点罢了。他一把抓起斧子,选了一棵粗壮的大树砸了下去。斧头叮叮当当响起来,木头吱嘎吱嘎地呻吟着。早上天气微凉,树叶背面的露水还没有干,谷仓附近的鸽子发出咕咕声,它们的声音像早晨里的一切一样例行公事。木匠看见东家那么努力地砍着树,也紧紧地握住自己的斧头,他们站在一旁,不喜欢这个富裕的村子,他们想要展示怎样才是真正地干活。而他们的主人貌似想要同他们比试一番。

这时卡捷琳娜·舍佩洛娃从谷仓走出来,她是一个寡妇。她的丈夫在战争中牺牲了,只剩下她和一个儿子。谁也不知道她是靠什么维持生计,据说好像乡里的合作社指定她卖成捆的手套,收入是不是可观也不清楚。经常在晚上,有一只不知道是谁的手从开着的窗子伸进来,把一个装着食物的包裹放在窗台上,这是秘密的施舍。她本人身材高大、健壮,头总是微微倾斜,总给人一种感觉——她的棕褐色的长睫毛都能扫地啦。

"女人就像窗子,你给她安上合适的框儿,就会觉得温暖明亮。"一个木匠盯着卡捷琳娜的背影这样说道。

季马抬起头,刚好注意到卡捷琳娜。

"谁给她的碎木片?"

"她自己拿的。"一个木匠不高兴地答道,我们的东家真是一个愚蠢的年轻人,他竟然不知道,通常木匠们都会把碎木片给那些想要的人。

由于房顶的大梁还没有完工,因此季马通过木匠们的声音可以判定出木匠们在嘲笑他。季马恼羞成怒,追上了正向谷仓走去的卡捷琳娜,抓住她蓝色女短上衣的衣袖,激动地大喊道:

"谁让你拿走这些碎木片了?"

卡捷琳娜平静地耸耸肩,她穿着一件破旧的、打补丁的女短上衣,胸脯处的扣子马马虎虎地扣着,她应该是光着身子穿的。因为她把柴火紧紧贴在胸脯上,好像抱着一个孩子。因为她的这个举动,季马的心中泛起了涟漪,他伸出手,但并没有拿回柴火,而是让手透过卡捷琳娜没有扣好的衣服敞开处直接伸进她的前胸。但是卡捷琳娜并没有像其他农妇那样——她没有惊声尖叫,她坚定地站在那里,甚至好像都没有急于用力推开他的手,卡捷琳娜只是说道:

"够了。"便放下了手中的木片。

碎木片慢慢滑落,最后掉在地上,木片散落的过程如此轻盈,像呼吸一般。卡捷琳娜戴上了手上的头巾,转过身去,和木片一起滑落的,还有季马的心……

"你走开,骄傲自大的人。"季马大喊了一声,拿回来的木片碰撞着他的皮靴,他又回去工作了。

"连生火柴这点碎木片的钱都要节省。"那个木匠一直都在嘲笑他。

但是季马并没有回应他。

季马想为房梁选一棵新树,但是此处全都是沼泽地的松木,这种木材木质疏松,枝杈又多,还很潮湿。盖木屋的地方有点倾斜,必须铲平、弄直。何况木匠们都是懒汉,总在抽烟说笑。一会儿想要回家喝口茶,一会儿想去河边,还能干啥,洗澡呗。

"要延长工期,"木匠跟在他后面嘲笑地说,"你就能长成像我们这样又粗又黑的庄稼汉。"

父亲躺在储藏室里的高木板床上,儿子刚一进门时他就哎哟哎哟地呻吟起来。季马看见他装病,反感极了。父亲开始询问,伐木进展如何。桌子上立着烧好的茶炊,姐姐为季马倒满茶水,然后把像挤奶桶一样的玻璃糖罐给他移过去。季马没有回答父亲的问题而是开始斥责姐姐"就知道大吃大喝",可他还得力不从心地去对付那些砖。

他出门来到河边,对面河岸边的女人们相互呼唤着采浆果,他对这些也感到生气。他扒下靴子,开始洗澡。他用烟斗卷起热乎乎的包脚布,这包脚布总是能让他想起自己的脚的形状,他用拳头击打着包脚布。

夏日静静,散发出绿叶的香气。傍晚时分天空中下起小雨,雨水混着泥土味。露水厚重又温暖,每天傍晚穿上的背心都透着一股子芳香的苦味。这种感觉像针尖钻进头发里:庆祝着收获。在这个村子里工作,在这里盖房子,重耕一切,重建一切,周围的一切。

季马从那天早上起就没有照看过砍伐的事情了,父亲骂了一阵,骂完就去忙自己的事情了。季马不想耕地,大家耕地回来都疲惫不堪,没人能一起喝酒了,就连自家酿的烧酒也越来越少。季马想带缰绳过河去玩,刚把腿伸进河里,他就恶心得差一点吐出来。

"你得了吧,"他窘迫地说,把缰绳放在温暖的沙子上,"这又是染上什么病呢?"

夜晚巫婆从红角那里给他洒水,让他喝下圣水,但是这些并没有让他身体轻松,甚至连睡觉也不安稳。季马答应巫婆,如果她夜里将卡捷琳娜带到干草棚,就给巫婆一件羊毛裙子,老太婆惊慌起来。

"我最好把利扎韦塔领到你那去,她要是不那么死板早就改嫁啦。卡捷琳娜不会随便跟人厮混的。她在丈夫面前发过誓不会再嫁人,不会找男人。或许你可以许给她一些真正的礼物,像皮鞋之类的……"

然而卡捷琳娜却口气强硬地回复了老太婆,"得了吧!"老太婆专注地盯着她的睫毛看了一会儿,突然叹了口气,摆了摆手。

天气开始热起来,心里也变热了。麦穗成熟了,朝霞也如大地一般因为自己的丰收和欢乐醉红了脸。

于是季马也请求父亲同意让他收拾马车去城里以赶车拉脚为业,但他却成了一个极糟糕的赶车夫。就算他站在最繁华的十字路口上,类似葱头顶的绿色教堂边上;就算他的马喂得膘肥体壮,马车也焕然一新,还涂着浅蓝色的油漆;就算他这个小伙子仪表堂堂,可是雇马车的乘客一走过来——酒鬼或蠢蛋,看一眼车夫就会转身找下一个去了。

季马从来不会主动招徕顾客,一拿到收入他就去酒馆。胳膊肘支在桌子上,匆匆地喝着啤酒。他沉默着,就像在十字路口一样,谁也不看,眼睛只盯着桌子。一次在节日里他很走运地挣到七卢布,他和朋友们去了街拐角的酒馆。他们其中一个说话带鼻音,脸上长着粉刺的人讲述着他前一晚是怎样糟蹋一个姑娘的,她是怎样大喊大叫把墙壁划出一道道痕迹的。人们对他讲的每一句话都哈哈大笑。

"一共睡过两次,她……痛苦地哭泣着……"说话带鼻音的人结束了讲述。

"你就不可怜她吗?"季马突然问道。

"为啥?"说话带鼻音的人十分惊讶。

季马把头一摆,要了一杯伏特加,朋友们也为了凑热闹,每人要了一杯。这时季马说道:

"我啊……我毁了一个寡妇,我不想结婚了。她对我说:她这口气给谁,谁就会被榨干成刨花。"

伏特加只剩下半杯了。他们开始讨论接下来该喝什么了:啤酒还是伏特加。所有人都忘记了季马说的话,只有他自己还想继续说完,证明他为什么不想结婚,她的话都是胡说以及在她说完这些话后他才开始真正走运:他赚了许多钱,他很快就能赶上轻便四轮马车了,他还有许多东西要说,可并没有说出来。

早上他又在昨天的小酒馆喝了点儿酒以解宿醉。头脑很快清醒了,他变得很快乐,这种快乐已经很久没有过了。他又一次站在有蘑菇葱头顶的绿色教堂的喧嚣的十字路口上。他机灵地左右张望,一个穿长礼服的老头温柔地指了指他,同时对跟他并排的年轻人说:"商人,加弗雷洛夫,曾经掌管过万贯家财,现在到了这种地步,马车夫。"季马很高兴有人当他是个商人。但是突然有一个人离开了馅饼摊往右边走去,她穿着蓝色的连衣裙。她纤瘦的手臂是那么熟悉,举止那么独特,整个人都藏在披肩里,她的步态是那么独一无二又有一丝忧郁。原本沉着的季马的心一下子狂跳了,摇荡起来,就像野蔷薇的花朵一样在空中摇曳。他的眼睛死盯着,他想大喊一声提起缰绳,马儿好像认识她一样,因为她总是那么温顺,马车向人群中疾驰而去。背着书包的小男孩被撞倒,书本散落一地,馅饼也掉在地上了,撞得一个穿着灰色长披肩的老太太转过身来。季马大声喊着,使劲抽打着马,想让马停下。"拦住,停下。"面色绯红的警察吹起口哨,他靠吹口哨和发生的慌乱而自娱自乐,不明白发生了什么。

　　季马被关进警察局里,坐了一个星期牢,随后就放了出来。他的结论:他是病人。在这一个星期里马消瘦得厉害,仿佛它自己也很愧疚。季马把马给卖掉了,他把钱全都拿去喝酒了,然后穿着破旧不堪的鞋回到了村里。父亲已经在这一年里承包了第四个建设木屋的活,只是还是一副被吓坏了的样子。在收割过庄稼的田地里,肥胖的鹅到处溜达,每天早上河边都结上一层冰,秋天的金黄色变得更深了。卡捷琳娜并没有去过城市,她依然穿着打补丁的蓝色连衣裙在村子走动。她似乎被赋予了另一种生活,她精神抖擞的。在季马回来后没多久狼就把小马驹给吃了,有人把小马驹的皮在田野里剥了,马身则被拖到了峡谷里和灌木丛里。父亲给了季马一把装着霰弹的猎枪,让他待在灌木丛里蹲守。人们都知道,秋天里的狼十分凶狠又饥饿,它们呜呜叫着出来找肉吃。大概在黎明时分,有两匹狼出现在山谷上面的绣线菊灌木丛里。季马从没预料到,狼有这么大的头。季马开了枪,其中一只狼一瘸一瘸地走了。季马感觉很无聊很困,"明天会找到它们的。"他想着然后回家了。进村的时候人们还在熟睡,可当他走在街上时,炊烟已经从烟囱升起,小小的窗户反射出炉子里金黄的火光。卡捷琳娜的窗户里也闪烁着金黄色的火苗。季马看了一眼，卡捷琳娜站在一旁侧面朝着他，从炉子里抽出碎木条。炉子看上去烧得并不旺，她想再加点细木条。季马再一次看见了她的手：很轻盈、很白、很柔软，有点儿像亚麻一样。当她的双手接触到胸脯时，仿佛夜晚远处的微光闪烁：并不能照亮，却让她的脸和别的一起颤动。她抱着细木条静静地一动不动，季马仿佛能感受到她的大腿。她一动，手就垂到大腿那里，胸部的曲线就展现出来，就仿佛从迷雾中露出的陡峭河岸。季马感到很羞愧，很懊恼，因为他甚至想与她结婚，但是他不敢和父亲，也不敢和她说娶她的事；因为他担心又会等来"得了吧"这句话；还因为他本是一个健康的，似乎也是大胆的人，但是现在却像乞丐一样站在窗下。他不仅不敢进去，还不敢好好想想这一切事。

季马为了从这种思绪中解脱出来，他吐一口唾沫，感觉到自己肩上猎枪的重量，他拿起子弹却想不起是用霰弹还是用铅弹。"都一样，三步。"他想着，前所未有的清晰画面再一次向他涌来：他又一次来到了绿色教堂旁边的十字路口。

季马并没有打死她，子弹打到了她的肩上。她盖着皮袄在板铺上躺了一个半月，这件皮袄是季马的父亲捎来的。她并没有出现在法庭上，季马对法官什么也没有解释，虽然他非常想解释一下，但他羞于启齿他是因为被她的魅力所蛊惑，"好像是细木条扰乱了心情。"他说着并把两只手一摊。法庭判了季马一年刑期。刑满释放后，他没有回到自己的村庄。在监狱里他认识了很多人，他开始和这些新认识的人一起在集市上闲逛，和茨冈人一起住在旅馆里。生活看起来是轻松的，不真实的，过去的一切常常浮现在脑海里：应该回到父亲身边，跪下向他忏悔，但是要说些什么呢？他自己也不清楚。也许现在回到父亲身边还不是时候，况且他的衣服也穿坏了。

又到了秋天，天气有些寒凉了，天空仿佛都蒙上了霜。集市上从奥伦堡的不知什么地方引进了不寻常的良种马，最近一段时间农夫们很喜欢这样的良种马。茨冈人让季马去干这事，但是给马治病的经验丰富的巫医比茨冈人还狡猾。良种马站在马棚子里，棚子有一面残破的墙通往昏暗的小胡同。那些茨冈人锯开一块木板，一个年轻的茨冈人不耐烦地对他说道："爬进来。"季马跳了进去，前所未有的疼痛突然向他的膝盖袭来。给马治病的巫医沿着墙根摆了捕狼的兽夹。他痛得大喊了起来。路灯闪着光，有人开枪了。季马被人拳打脚踢，还被鞭子抽打了很久，一直有人盘问他茨冈人去哪了，他交代了。然后他们又打断了他的肋骨，把他丢进村子后面的沟里。他一只眼睛得了病，走路一瘸一拐——他痛苦经历的流言传播开来。现在他成了一个醉汉，甚至不再想着回去找父亲。茨冈人把他赶走了，他衣着褴褛，食不果腹。一天邻村的小伙子们让季马去杀掉一个什么人，杀了人季马就可以得到毡靴、短皮袄，他们商量着把送他进城里去。

"是的，老弟，一个贼把我给带到这里！干吧，一言为定！"他喊道。听到了自己的声音，要了一杯伏特加。他们给了他半杯伏特加，他们坐在爬犁上，爬犁放在木材蒸煮车间之中。他撒谎说自己喜欢牧师的女儿，牧师是如何驱赶他，怎样暗中怂恿他搬出村庄……小伙子不知为什么哈哈大笑起来，直到走到两间房的木屋的墙角。他们怂恿季马去敲几下窗户，喊一下伊格纳特，等他出来时就用刀刺他的肚子。季马按照他们说的去做了。伊格纳特出来了，他高高的个子穿了一件长袄，像牧师一样。这是一个崇高平静的月份，伊格纳特的脸也很平静，而他的皮袄似乎是蓝色的，领子像白云一样。

"你找死。"季马大喊一声，同时刀子刺了过去。

然而刀一下子滑落了，突然季马身体上的一切都混乱了，苦涩的雪落在他的嘴上，雪堆歪歪扭扭，时光从他的手中滑落。

早上季马在谷物干燥房后边河边上的冰窟窿里被发现，已经死了。他的头还在，有三个地方被打破了。他的牙龈，完全裸露着，就像小孩子的那样。这里距离他的村子还有三十俄里，人们认为他父亲不会来，但是他来了。他驾着两匹马，看着儿子的脸，画了十字，用桌布盖住了他，吩咐把他放在爬犁上。

这是季马最后一次躺在自己家里，在正房的圣像下面。秃头的诵经员读着《旧约圣经》中的诗篇。猫玩着台布上的流苏，季马的姐姐准备着追悼亡灵的午餐，一切都很安静，没有号啕大哭，也没有奔走忙碌。

在木匠们的住所木匠们正在制作棺材。一个喜欢嘲笑人的木匠，曾经和季马一起为安菲诺盖涅夫家修建新木屋，正在和一个不久前刚刚结婚的同事开玩笑。许多人来同死者告别。为了人们来去容易一些，木匠们退到屋子的各个角落。刨花散发出蜂蜜的香味。卡捷琳娜走过来，画了十字，收拾了从季马脸上滑落的铜币，亲吻了他的额头。铜币使他的脸看起来既恐怖又胆怯。"够了。"卡捷琳娜悄悄地说，又一次红了脸。在屋子里她望着棺材，木匠们在休息、抽烟，散发出浓烈黄花烟草的味。为了不从肩膀滑落，她把头巾系得很紧，在胸口处紧紧地打结，俯身向地板，现在谁也不会阻止她收柴火了。

# 我曾是一个游方僧

我精神疲惫地从沃斯克列先斯基医生那里回来,那感觉,仿佛一夜白头。我想,如果医生肯给我开药方,哪怕是卖掉我唯一的裤子,我就能到药店里去买可卡因。但是如果把唯一的裤子卖掉换酒喝,然后酒足饭饱后坐在那里衣不蔽体,那就是愚蠢。

房东太太是一个近视眼,她倾斜着身子用噙着眼泪的鼻音读了一张放在桌子上的广告:

"我们本市首次!吞剑表演。世界著名游方僧'本·阿里·贝'进行表演。"

"您从哪里学到了吞剑的本事?"女房东问道。

"在印度。"我闷声回答道。

难道还能有别的答案吗?总不能告诉她我是在旧货商那里用自己舒适的床换了三卢布,换了两把带有《汉堡》商标的长剑。这两把长剑几乎一模一样,只有仔细端详才会发现,其中的一把是整个的,而另一把精致的剑把上有三个图钉,最让我激动的是这三个白色图钉是象牙制成的。按动一个图钉,三分之一的剑身就会缩回去,再按动另一个图钉,又会消失三分之一,最后所有的剑身都会隐藏在剑把里。

"您会用这东西赚到很多钱!"旧货商人亲热地对我说道。

我十分渴望这种热情和期望,因此我想为自己争取更多东西,于是我回答:

"要知道只有一把剑有点少。"

这时旧货商人送给我一本破烂不堪的小书，上面印着的内容我至今记得，莫斯科，赫尔姆申出版社：《天神的法力与魔鬼的妖法手册》（附带魔术图片）。

"在这里你就能找到更明确的生活，年轻人。"

这位老者几乎猜透了一切。确实，从此我的一部分人生发生了变化。

我的房东患有肠炎，晚上整套房子里只有厕所点着五根捻线的煤油灯。在我的房间里当然既没有灯，也没有煤油。在夜里房东徒劳地敲厕所门，经常能听到她用严肃的声音说道："打扰了，我似乎得了痢疾。"而我此时正在研究魔术。

早上我去了人民之家，在那里有一个五人剧团正在上演《红灯》《叶甫盖尼·奥涅金》和《聪明误》。当我跟一个普多日戈尔斯基（他是导演）说我可以吞剑时，他咧着嘴笑了。

"剑，什么剑？众所周知，这是德国人的把戏。如果你会催眠观众，或者把眼珠子从眼眶里取出来然后再重新放回原来的位置。这样，明白吗？观众才会买票。"

"取眼珠子我还不会，"我大胆地回答，"但是我可以毫无痛苦地用女士用的钢丝发卡或发针刺穿我的手臂、胸脯和脸颊，并且在钢针上悬挂三俄磅重的砝码。"

"您怎么不早点说呢？"

"我没有钢针。"

"这没问题，我们有女演员，当然您——"他满怀尊敬地问，"您能用钢针表演，就不能表演取眼珠子吗？"他叹了一口气，不过，这一切只是时间和科学的问题。

这就是为什么女房东会读到那幅轰动的海报。根据海报的描述我是一个又老又狡猾的印度人，我被规定完成的表演有吞下火热的印度麻刀和长剑、跳火圈、用钢针穿透皮肤，然后还要在钢针上悬挂重达三俄磅的砝码这些节目。海报上还写着我可以徒手拿起烧得通红的铁块，但是我从没有过这样的经验。根据魔术手册上的说法，应该在手上涂上蛋黄，抹上胶水和糨糊，然后撒上一些被碾成粉末的碱，我严格按照这些步骤执行。我把茶炊的夹钳微微烧红贴近手掌心，在房间里散发出烤肉的味道，女房东循着我的哭叫声跑了过来。我把手伸进酸牛奶里弄湿，女房东瘦瘦的手臂抱紧肚子，同情地看着我，同时又看了看已经变质的酸牛奶。我也为酸奶可惜，我十分饥饿，并且特别鄙视地想到，只有这种外在的突然的痛苦才能让女房东为我牺牲她的酸牛奶。

我三天一次来到修道院里吃午餐，修道院坐落在绿色的托博尔河上，在修道院里挂着绿色的钟和养得肥胖的灰蓝色鸽子，我和猫都眼馋地望着它们。那时候我看到的一切我都想吃或者想用它们交换能吃的东西。修道院的修道士给我的木碗里倒了素菜汤，问道：

"扎刺了吗？"他好奇地追问道，"你是木匠吗？"

"这是意大利坏疽病。"我扯着发干的嗓子回答。

修道士的眼神说明他深受触动，出于可怜和惊奇他又多给了我一块面包。

"在意大利啊，"他带着好奇和鄙视说道，"听说那里没有木房子。"

"的确，"我确认道，"那里都是火山岩和熔岩。"

"裸露出来的，"他稍微有一点惊恐地问，"那里没有木匠吗？"

"你叫什么名字？"

"叶夫谢伊，我要剃度出家了。"

"木匠，怎么了？"

修道士很高兴，他又给了我一块面包。他从满是油污的长凳上捡起了紧身长袍并拉紧前襟。

"当然，当然……我是彼尔姆人，彼尔姆斯克。在我们那里所有的圣徒都会建房子，要知道基督也曾经是一个木匠。"

叶夫谢伊稍微向我倾斜了身子，贿赂我一块面包，悄悄问道：

"你到这来读书吧，为此还需要戴眼镜。不需要到什么地方去登记，基督用平刨和斧子就能把一切都梳理好。"

我沉默了一会儿，午饭过后，叶夫谢伊把我叫到修道院的门口，那里瞎子们在号啕大哭，胖胖的鸽子也让人坐立不安。

"走吧，我想你并不相信上帝。"

我吃得很饱，很快乐，神秘的游方僧称号让我的生活道路变得笔直，我常常想到印度，杜撰出符合我经历的开场白。总之我不想伤害慷慨的叶夫谢伊，这个看起来只因为基督曾经当过木匠就离开家进了修道院的人。

"你什么时候去剧院，神父？去看演出？"

"我没有机会去那里。"

"我给你看演出的票，叶夫谢伊。"

"你在那里表演什么？"

"吞火和用针刺穿身体却没有痛苦……"

叶夫谢伊突然闪身摇晃了一下，他那件被穿坏的灰色破长袍比他的脸色还要浅淡。难看的下巴上的胡须也分开叉，像被刨子刨开的一样。他的手很轻，但还是无论如何都抬不起来画十字。

"魔鬼，"他低声说道，"你让我感到不安，不信神的撒旦。"然后他挺直身子，伸出手臂，悄悄地说："我是徒劳的，为什么我需要你而不是揭发你，或者你想让我背弃上帝？我不会让你信上帝的。你太狡猾了，你是魔鬼。"

他伸出自己瘦瘦的手，我把免费入场券放到他手里离开了。

与在房间里那张广告一模一样的巨幅广告在木头栅栏上贴出来了，那里站着普多日戈尔斯基，然后来了一位衰老的妇人，希望能见到我——魔法师、算命师、解谜者；接着又来了一位城里管国库的官员，他算错五百卢布，希望游方僧能告诉他这钱还能否要得回来；普多日戈尔斯基从官员那里拿了钱，并告知对方答案将在次日以书信的形式回复他。小姐们来了，希望从游方僧那里得到迷魂药水；而好奇的商人也想从游方僧处获悉哪种口味的伏特加在印度最畅销，一瓶值多少钱，他是否能够成功订购。我的心跳动得如此之快，就像我的名声一样，那马戏团的门票也如同我的心跳般很快被卖出去。

孩子们拿着包着网的铁圈，捉着托博尔河里的虾蟹们，他们是否会想到，那个忧郁地坐在岸边呆滞地翻看魔法书的人是大名鼎鼎的游方僧，他极速传播的名声在这个寂静的小城掀起了波澜。

现在很难有什么事令我们感到惊奇，因为我们都不再天真幼稚了。我最后一次在街上看见惊奇的事情是黑面包自由售卖，以及之后，从布哈拉（乌兹别克斯坦城市）往莫斯科运送大象。奇怪的事情只达到这样一个程度："怎么，据说，是大象吗？一年后由于大量繁殖我们就会有一百头大象，奇怪的是我们要大象来干吗？"

那是另一个时代，那个时代更糟糕，也更好笑。我现在很自豪也很骄傲，也学会了不再大惊小怪。甚至当我想起这些事也不会感动，例如：我是如何把褐色油彩涂在脸上，在头上系上散发着臭虫味道的绿色头巾，我的腿隐藏在鲜红的布料缝制的裤子里，裤腿塞进高加索的靴筒里。普多日戈尔斯基突然停顿一下，使了个眼色，像一个俄语字母，向观众夸耀。旁边是带着油彩的整洁的盘子，上面放着用白粉洗过的，散发出让人恶心的光芒的巨大发针。放在那里的还有砝码，它们用带着油迹、失去光泽、散发着天芥菜味道的带子装饰着。这些砝码从一磅到三磅，那里还有德国长剑、火把和汽油，还有我跳火圈用的铁环。

舞台上散漫自由又热火朝天的乐队喝着伏特加，咬着烤熟的鸡蛋，手指拨弄着调试装备和乐器。对于我来说乐器是精神上的东西，和我一起来的音乐家能够理解我，我们的表演不会有什么好结果。明天全城的人都会对我指指点点，男孩子们将会用秋日里沙哑的嗓音大叫："游方僧，浑蛋。"男孩子们会感到滑稽可笑，因为我在裤子的破洞里塞了秋天的树叶，而这个多雨泥泞、抒情诗般的秋天早就已经使我生厌。我想要有油水的汤，二十七戈比的烟卷和一些可以让人大笑的粗俗书籍。

长笛演奏者是个十足的酒鬼和智者，带着沉重的铃铛向我走来，敲了三次。他用粗鲁的话骂那位试图再多卖十张票的普多日戈尔斯基。幕布被老鼠咬坏，被戏剧爱好者用手指弄出窟窿，这些人关注着剧团的收入和相熟的小姐们。幕布随着观众神经质的抽搐向上拉起。普多日戈尔斯基穿着一件带纸花的燕尾服，燕尾服的一半已经脱落了，观众并无恶意地讥笑着他，并且好奇地打量着他，这如同普多日戈尔斯基在读所有台词的时候都转动着他那朵花一样，观众甚至能够看清在普多日戈尔斯基的脚上，一双新的橡胶鞋套代替了他那双漆皮皮鞋。我并不明白普多日戈尔斯基读的是什么东西，在他之后又唱了些什么东西，在大厅里是怎样的热烈场面。我并没有一路小跑。我清楚地记得，我心里最强烈的愿望就是不要绊倒在舞台的侧幕。为什么我会害怕绊倒，我也不知道。也许是重新摆放的舞台装置发出的巨响震得我的耳朵嗡嗡作响。

"您准备好了吗？"

在颇具仪式感的正式演出时，普多日戈尔斯基甚至对检票员也会用尊称"您"。在这种情况下他发字母 Р 和 Л 的音就不够准确了。

我充满憎恨地把带三个象牙图钉的长剑放到一边，回想起那张吱吱作响的床，这声音又让我想起了蛐蛐，于是就回答："蛐蛐。"

普多日戈尔斯基想了想，就这样紧紧地握着我的手，充满信任地确定道：

"的确，蛐蛐。"

我的开场白我至今逐字逐句记得很清晰：

尊敬的女士们、先生们，在我的表演之前，我要先介绍一下，游方僧是何时何地出现在地球上的。很久很久以前，地球上有一个英勇的民族——印度人，他们有一个传统，年轻人参军之前，要接受各种严刑拷打，例如：年轻人要把装着活蚂蚁的袋子套在头上，伴随着姑娘的歌声，绕着村庄走一圈……

然后我接着说，但在我的表演中，没有任何魔法或者秘密可言，靠的只是从印度传到我们这里的一种方法——自我催眠，即你要相信自己的意志力。

"音乐开始！"普多日戈尔斯基疯狂地喊起来，他的发音还是分不清字母 P 和 Л。

我一排一排地向观众展示那把没带白色图钉的长剑，回到自己的桌子旁，用毛巾擦手然后用毛巾挡住剑。最后拿起那把带图钉的剑，当然我毫不费力地握住带刀刃的刀把向嘴巴放进去，小心翼翼地收回手柄。然后用力按压图钉，刀身就向反方向缩回。我还跳进了木圈里，这些木圈两边都放置了刀。这些刀刃离我如此近，以至于我险些碰到刀，但是跳木圈这并不复杂，只需要有顽强的意志力，让你的身体一秒接一秒地完成同样的动作。后来我跳木圈毫无顾虑，就像戴眼镜一样。吞火……虽然现在很难找到魔法书，国家出版社也不会出版这种书来赚钱，我也不想谈关于魔术的事。

我很累，汗水出现在我的脸颊上，我更害怕汗水。肌肉在手指下面打滑，我感觉自己像一条鱼。我挺直身子，开始数一数到底有多少人坐在第一排。一共数了十八个人？有几个男人，几个女人？我尝试给他们配对，这能使我快活起来，汗水汩汩流淌出来。

在这之前，我只登过一次台，在巴甫洛达尔（哈萨克斯坦城市）有一个马戏团。我是一个摔跤爱好者，摔跤手把我放倒在地五秒钟，用手指指着屁股说道：“从那爬过来，黄口小儿。先学会站稳吧。”

我对舞台没有热爱，喝醉的乐手吹着《在山冈上的满洲里》，我对这些发出轰鸣的管子充满恨意和厌恶。大厅里充满了炖肉的臭味和人们对于节目意犹未尽的渴望。那些在木地板上发出响声的鞋后跟，仿佛钢针一样刺入我的胸膛。

我不记得我是否那样想过，也许未必想过。我清晰地记得，刺痛击打着我的眼皮，针头在我的手里跳起来，我战抖起来。但是当我瞥到坐在第一排的台下十八个观众时，他们用麻木、淫荡，以及对"我"的意志力深信不疑的目光注视着台上的表演时，我把钢针更深地刺入了自己的身体。"只要不刺入动脉，"我不停地重复着，"只要不刺穿动脉。"就这样粉红色的针尖穿过我的皮肤爬出我的肉，散发出慵懒的粉色光芒，继续爬。

我胸前一块火柴盒大小的肉被钢针穿透。

我甚至感受到了某些自豪感，然后迅速拿起另一根针。我的脸颊像火烧一样，嘴唇变干，但是我需要更快。普多日戈尔斯基从舞台侧幕带着不解看向我，我立刻明白我忘记了微笑。我腼腆地笑了。观众拍起手来，有一瞬间我在想，我的笑到底是什么……不，这已经是我胸脯里的第三根钢针了，我拿起一俄磅重的砝码，想把它挂在钢针上。就在这时一股长久的疼痛击打着我的后脑勺并在我的后脑融化开。巨大的痛苦向我袭来……我的胸膛被撕裂，鲜血迅速涌出来，甚至完全感觉不到那刺入胸膛的钢针上的砝码的重量。对我来说，它们就像钉入我肋骨的一根钉子。我终于明白，出汗是由于疼痛，或许是流出的血被沾染了。我开始数第一排座位上的人，我看不见他们，我在抓起盘子的同时迅速地咬紧牙齿同时忘记了马戏团里惯有的傻瓜式的、惹人可怜的笑容。我不明白这种笑容到底意味着什么，这到底是一种自我牺牲还是对自己身体唯一的奖赏。或者，当你微笑的时候，确实会感觉到温暖。

观众喊着：

"好啊，好啊！"

有一位浅褐色头发的官太太陷入晕厥，都没有任何人想把她抬出去。

这时我挺直身子，微笑着，我带着穿透的脸颊沿着台阶向大厅走去。

我走过第五排，在第六排向右看见了留着胡子的叶夫谢伊。他难看的胡子后蒙上了水汽，肿着眼皮的眼睛不再看我，他挥动着手。

在掌声呼喊声中我没有听见他向我喊了什么。我感觉到恶心，我感觉到自己的口腔里充满了鲜血。

我开始把最轻的砝码拿下来，并且把刺进手臂肌肉里的针拔出来。我离开舞台来到化妆室，赶紧把痰吐在手巾上。让我感到惊奇的是，我的嘴里没有血。

"疼吗？"普多日戈尔斯基问道，他正在数着钱。

"不是很痛。"

"习惯就好了，我也是……你瞧，有三个假卢布被塞进来了。我妻子跟我说，生孩子也很疼。"

他看了看我的头上。

稍晚时候，普多日戈尔斯基结算了我演出的费用。在洗手间走来了沃斯克列先斯基医生。他有着一张秃了头但无所不知的脸。他是全球诗学爱好者协会的成员,对萨图尔努斯①十分感兴趣。

"当然,请您原谅我,"他说道,"我原以为您是吸毒者,所以拒绝为您开可卡因的药方。看到你痛苦的脸我在批评自己:可卡因能够缓解你的疼痛,但是你没有用可卡因工作。"

"我一点都不疼,"我边说边喝了第三杯伏特加,"您会觉得痛苦无处不在,问题在于自我催眠。可卡因我是用来治疗痢疾的。况且,没有您我也能弄到它。"

"在我们的城市里到处都可以找到,"医生肯定地答道,"我有没有跟您说过关于萨图尔努斯的故事?……就像我们没有管子会怎样……"

"从来没有。"我说道,我不动声色地用碘酒擦拭着领子下面的胸脯,但还说着话。

无所不知的医生坐在我旁边,用整整半个小时向我讲萨图尔努斯。普多日戈尔斯基开始写下一场演出的海报《全世界著名游方僧的表演》,我应该向医生要一个可卡因的处方,但是我憎恨他那张无所不知的脸,以及他那古塔波橡胶的衣领和他小拇指那长长的手指甲。我知道如果我什么都不对他说,钢针会再一次在没有可卡因止疼的情况下刺进我的身体。

我梦想着能和他一起去普尔科沃天文台。

最后沃斯克列先斯基医生确定他比我要聪明很多,他开始对同我谈话感到枯燥。

台阶上木头栏杆散发出潮湿的味道,最后一次因为自信的医生手掌的撞击而晃动,树叶散发出酒和风的气息吹向我的太阳穴。

---

① 这里指萨图尔努斯诗体。——译注

我知道叶夫谢伊在大门口等我,在昏暗的灯光下我看见了他满是污油的长袍前襟。他本可以来得及换衣服的,大概是他穿着僧服会感觉更快乐一些。

"我理解你,"他用温暖的手抓住我说道,"我完全理解你啦,就像我了解斧子。我为你的伤口涂上橄榄油。你,兄弟,你要是信仰上帝,你至少是一个信徒。我看了你的眼睛,你没有撒旦的眼睛。我在你眼睛里看到的是我们灰蒙蒙的、艰难的生活。我感到很寂寞,小伙子……我带来了治疗你伤口用的油。"

我虽然没有拿他的橄榄壳油,但是叶夫谢伊已经把他的心交到了我的手里。他最开始是在斯拉夫哥罗德的集市上做建造木板房的木匠,然后他去了库伦达,在罗克谷地当过骑手和媒人,还有他在谢米列奇耶的路上娶亲的欢乐往事,这是一段有趣的故事,我以后会讲。

# 相 遇

我们站在山冈上，我们面前的山谷里是喀喇昆仑山上的城墙的废墟。它黑色的阴影很早以前就倒在整个中亚土地上了。现在他的房屋上的石头已经没有清晰的轮廓，只能使人拿这些房子的影子与马鞍子相比较。它们被许多可怜的草缠绕着。我的马吃饱了就望着这些草。

曾几何时，黄皮肤小眼睛的蒙古人打开了我们的大门，他们带着成吉思汗的宝石戒指向右，穿过额尔齐斯河和鄂毕河向海洋挺进。向左他们穿过伏尔加河，向波兰的森林靠近，为了得到有花纹的地毯，他们还向波斯挺进。现在，暗影都如此安静。

黄蓝色满是露水的夜晚已经爬上了我的马镫，感觉像一条大狗舔着我皮靴的跗面。

"巴拉梅斯，还走吗？"达卡伊问道，"要继续吗？"

"巴拉梅斯，"我同意，"继续。"

但是我们的马儿们还是站在原地不动。

它们的耳朵很警觉，我感觉，我的马的心跳在马镫上战抖着。我向马鞍子俯下身去，查看着灌木丛，也许那里狼正赶着回窝，或者是来自巴尔喀什的雪地虎在张望。灌木丛里一片静谧，好像周围的一切都被羊毛给遮住了。就连低矮的天空，也像卷起的白羊毛，马不听话地抬起蹄子，又开始战抖，突然一声尖尖的口哨声在道路上响起。火焰照亮了一块石头，在一瞬间这块巨大的石头就具有了房子的轮廓。

"谁？"我们喊着，"谁在那？谁来了？"

口哨声重复着，充满了某种沧桑和沙哑。我突然想到了他：在漆黑的夜晚牧人召唤跑散的畜群。他已经知道畜群不会回来了，这是一个绝望的口哨，而不是召唤。一群伤心的狗围绕在脚边。沙漠很热，大地上的躯体被吞没。风无声无息地带走了羊毛鞭子，只剩下畜群的遗迹。

我沉默着，马打着鸣。

石头上燃烧的木头在战抖，橙黄色的火焰越烧越旺，最后熄灭了。我又喊了一次：

"是谁？"

"稍等一下，"达卡伊低声对我说，"托和塔，稍等一下。"

我们等待着。

灌木丛忽然开始发出嗞嗞声。

不，这是脚步声。他们很沉重，我回忆起喀喇昆仑山的建设者的铁腿。他们很慢，走路者的呼吸就像用铁肺在喘气一样。

我的马向后退，这时一个高大的、几乎是贴在地面爬行的灰色身影从灌木丛里出现了。

"你是谁？"他用嘶哑的声音问我，"你是盖孜－乌鲁斯①吗？"

"是的，"我回答，同时拿起了步枪，"是的，盖孜－乌鲁斯。"

"那我就和你聊聊，亲吻你的马镫。"从灌木丛里走出来的人发出嘶哑的声音。

"说吧。"

木片又重新烧起来，带着要熄灭的味道。我清楚地闻到了焚烧尸体的味道。我很焦急，马儿晃动着缰绳，也很着急。

"说吧，夜马上快过去了。"

---

① 俄国红军。——译注

"我跟你说,骑枣红马的人,我说的话都是真的。在很久以前,这里还不是一片喀喇昆仑山的艾蒿,这里的铁匠们擅长为骑兵打马掌,他们打的马掌比白军的铁匠还好。白军,就是你们这些盖孜-乌鲁斯要杀的那些人。这就意味着,我并不需要同情这些人。我是一个铁匠,在镇子附近我有一个铸铁炉,我的家族可能就是喀喇昆仑山铁匠的后代。我拥有五百头牲畜的畜群,还有两匹马。需要说明的是,据说拥有这些绵羊的数量,还只算个穷人。八年前我为了娶妻花费了订婚聘礼,如果需要,为了能和她在蒙古包里的隔板后面的毛毡上见上一面,还需要八十头牲畜。她的步态比所有蒙古戈壁沙漠的小走马还要轻盈。她那给小雌马挤奶的手指,轻轻地摇动着马的乳头,比微风吹过针茅草还要轻柔。当她递给我一个装满酸奶的碗时,我的心也这样轻柔地战抖着。我是一个好的当家人,我在接碗的时候洒出了一滴牛奶掉到了羊毛毡地毯上,你猜怎么着,我看了一眼被洒出的那滴奶,我用舌头给舔干净了。您还没有习惯俄罗斯人,还没有习惯爱。您的爱情就像年轻的小马驹,还不会站着用脚跳跃。我不想成为富翁,有钱人,妻子也不想成为可汗夫人。可终归昨天晚上还是有一群富翁和戴着锦缎肩章的俄国哥萨克来到阿伊多伊山谷。他们宰光了我的牲畜,我想,也许对他们来说,流的血还不够多。他们在光秃秃的地上糟蹋了我的妻子,还切下了她的胸脯。但是他们却没有找到她的心脏,因为这颗为我和我们的畜群而感到痛苦的心,已经枯萎在风中,甚至比一粒尘埃还小。我不能把我那些被宰杀的公羊和母羊带给你们,它们已经被吃掉了。我给你们看看我的妻子,我亲手带着她的尸身从阿伊多伊谷地走了二十俄里,为了用她的尸体换步枪。"

吉尔吉斯人展开了满是污秽的用来裹尸体的毯子,黑色的油脂滑了下来,发出嘶哑的咝咝声。妻子的嘴巴被撕开,脸颊也被军刀刺穿了。

"她叫克孜米丽。"吉尔吉斯人说话的同时痛苦地吹去了妻子伤口上的煤灰。她向一个长着胡子的长官啐了一口,当他在喝马奶酒的时候,他就在门口侵犯了她。

他突然跪下,抓着我的马镫。他的嘴唇吻在我的皮靴和马镫上。

"乌鲁斯①请给我步枪,我带着克孜米丽走了二十俄里,她很重,我很爱她,也把她照顾得很好。请让我跟你们一起走吧?"

一起走吧。

道路引导着我向我的朋友们的篝火走去,篝火仿佛被露水覆盖。道路由于露水也变得潮湿,就像马龙头上的缰绳一样。

---

① 俄国人。——译注